MANUAL DE ECOLOGIA

Do jardim ao poder
Volume 1

José Lutzenberger

MANUAL DE ECOLOGIA

Do jardim ao poder
Volume 1

www.lpm.com.br

Coleção **L&PM** POCKET, vol. 362

Texto de acordo com a nova ortografia.

Seleção e edição de textos: Lilian Dreyer
O autor agradece a Augusto Carneiro, por zelar ao longo dos anos pelo arquivo de seus textos

Primeira edição na Coleção **L&PM** POCKET: maio de 2004
Esta reimpressão: julho de 2012

Capa: Marco Cena
Revisão: Renato Deitos e Jó saldanha

L975m Lutzenberger, José, 1926-2002
     Manual de Ecologia: do jardim ao poder: vol.I / José
   Lutzenberger; – Porto Alegre: L&PM, 2012.
    128 p.; 18 cm. (Coleção L&PM POCKET; v. 362)

    ISBN: 978-85-254-1322-42

    1. Ecologia-Meio ambiente. I. Título. II. Série.

                CDU 504.75(075)

  Catalogação elaborada por Izabel A. Merlo, CRB 10/329.

© Lilly e Lara Lutzenberger e Lilian Dreyer, 2004

Todos os direitos desta edição reservados a L&PM Editores
Rua Comendador Coruja, 314, loja 9 – Floresta – 90220-180
Porto Alegre – RS – Brasil / Fone: 51.3225.5777 – Fax: 51.3221.5380

Pedidos & Depto. comercial: vendas@lpm.com.br
Fale conosco: info@lpm.com.br
www.lpm.com.br

Impresso no Brasil
Inverno 2012

ÍNDICE

Apresentação – *Lilian Dreyer* 7
José Lutzenberger 15
Vale a pena ter um jardim? 17
A absurda poda anual 22
Inseticidas domésticos 29
A problemática do lixo urbano 34
O lixo dos hospitais 48
A problemática dos agrotóxicos 51
A conspiração dos cultivares transgênicos na
 agricultura 66
Uma proposta para exploração madeireira
 sustentável 73
Panorama do desuso do solo no Brasil 87
A tragédia do poder 104

APRESENTAÇÃO

Lilian Dreyer

Curitiba, 1º Simpósio Nacional de Ecologia, setembro de 1978. Um público tão heterogêneo quanto interessado superlota os dois mil lugares do Teatro Guaíra, reagindo com mais ou menos entusiasmo aos palestrantes que se sucedem na tribuna – naturalistas, cientistas e ecologistas de todo o Brasil e do exterior, Jacques Costeau inclusive, que ali estão a convite do Governo do Estado do Paraná, promotor do encontro.

No dia do encerramento, uma cena inesperada. De repente, as recepcionistas param. Já não circulam pelos corredores com seus uniformes e seus sapatos de salto alto. Esquecem-se de providenciar coisas, o que vinham fazendo de modo muito compenetrado até então, e põem-se a escutar. Seus gestos traduzem a mesma emoção e surpresa que começou a tomar conta do público desde o momento em que se anunciou que José Lutzenberger iria falar, sem convite oficial, a pedido do próprio público.

O que poderia haver de tão atraente nas palavras de Lutzenberger? De início, as próprias palavras. Não é difícil entender o que ele diz. A linguagem de Lutzenberger é forte e direta, pontuada por imagens e metáforas, carregada de humor, ironia e, por vezes, sarcasmo. E isso é particularmente surpreendente para um público acostumado à linguagem desvitalizada da imprensa, coisa que em 1978 podia ser atribuída à ação aplastante da Censura, então ainda em pleno vigor.

Mais surpreendente, porém, é que essa linguagem relativamente simples trata de temas complexos. "Esse assunto é muito complicado, não quebre a cabeça tentando entender, é melhor você deixar que eu cuide disso" – eis uma atitude típica de quem não está muito interessado em repartir seus conhecimentos, mas está bem interessado em dominar os outros. Nas palavras de Lutzenberger, ao contrário, está presente o estímulo à autodeterminação. Ele parte do princípio de que o cidadão comum pode entender o que se passa e, portanto, participar das decisões. Seu discurso vai se armando como um daqueles desenhos de ligar os pontos que, depois de acabado, permite visualizar com mais clareza conexões existentes entre coisas aparentemente tão distintas quanto uma hidrelétrica gigante no Norte e a crescente brutalidade da vida cotidiana de um trabalhador no Sul (ou vice-versa).

É óbvio que essa desmistificação do conhecimento, da "cultura", e esse convite à participação sempre provocam reações contrárias, e não só daqueles que estão conscientemente empenhados em ampliar sua esfera de poder. "Pelo meu conhecimento, Lutzenberger nunca fez pesquisas, a não ser durante seus longos anos como introdutor de agroquímicos no Norte da África e na América Latina, a serviço de uma multinacional alemã", escreveu há tempos, a vários jornais, um agrônomo paranaense, irritado com o que considera "intromissões da moda ecológica" em seu campo de trabalho. "As *pesquisas* de Lutzenberger resumem-se a consultas bibliográficas e leituras de ecólogos europeus e americanos. E, neste caso, seria forçoso de nossa parte usar o termo pesquisa entre aspas, pois a palavra indica um posicionamento imparcial na busca científica da verdade, coisa que está longe do comportamento da pessoa objeto da observação."

Se este agrônomo usou a expressão "posicionamento imparcial" como sinônimo de "sem ideologia", pode até ter razão. Lutzenberger tem uma ideologia, e bem definida, que ele aplica em seu trabalho e recomenda também para o trabalho alheio: "Precisamos nos certificar se nossa ação é sustentável, isto é, se não implica demolição dos suportes da Vida no planeta, e se está orientada para a justiça social, se não pisa muita gente. Eu não gostaria de ver a humanidade desaparecer, e dentro da humanidade eu gostaria de ver mais equilíbrio. Eu não posso considerar progresso aquilo que não prevê a manutenção da integridade da Vida e o aumento da soma da felicidade humana".

O antigo trabalho como introdutor de agrotóxicos levou Lutzenberger a amadurecer estes princípios, e então estes princípios obrigaram-no a abandonar seu antigo trabalho.

Pode-se, é claro, discordar da ideologia de Lutzenberger. Mas não se pode negar que ele tem profundo conhecimento da Natureza. Um conhecimento embasado na consulta à obra de outros conhecedores. Nos quatro cantos da casa onde vive, um sobrado austero mas acolhedor, que pertenceu a José Lutzenberger pai, o artista plástico, alinham-se inúmeros livros, documentos e estudos, uma constelação de títulos, em vários idiomas, que abrange desde a arte do bonsai até a filosofia de Gandhi e Bertrand Russell. Naturalmente, fazem parte deste acervo centenas de livros de pesquisadores norte-americanos e europeus, inclusive daqueles ligados às instituições e universidades que constantemente convidam Lutzenberger para debates e conferências.

Tomando-se o termo Ecologia em seu sentido original – disciplina científica que estuda os ecossistemas –, não há como deixar de considerar Lutzenberger um ecólogo na mais plena acepção da palavra. Um ecólogo de tempo integral. Quem tenha com ele um mínimo de convivência facilmente verifica que ele possui de fato, como diz, a "felicidade de encarar o trabalho como um prazer". Seu envolvimento com o prazer de pesquisar e observar na prática é tão constante que, além de provocar reclamações da família, fertiliza o terreno onde viceja um já bem florido folclore em torno do seu nome.

Conta-se, por exemplo, que uma vez ele quase despenca do alto das rochas do Parque da Guarita, na praia de Torres, ao explicar detalhes de uma minúscula formação vegetal. "Cuidado para não cair", teria recomendado com insistência a sua filha, Lilly, enquanto ele próprio cada vez mais se aproximava do precipício. Quem relatou a historinha ouviu-a de outra pessoa. Lilly, que hoje mora na Argentina, talvez não se lembre. Lutzenberger, protagonista de uma incrível série de episódios que podem parecer estranhos a observadores casuais, dificilmente se lembraria. Se esteve mesmo "à beira do precipício", não terá sido a primeira vez, e, de qualquer modo, ele devia saber onde estava pisando. Lutz locomove-se na natureza com a desenvoltura própria de quem não apenas conhece, mas tem também familiaridade.

Ao longo dos últimos quinze anos, desde que voltou a fixar residência no Brasil, Lutzenberger escreveu algumas dezenas de artigos que foram publicados em jornais e revistas ou circularam em forma de xerox. Estes artigos avaliam o impacto das nossas ações a partir do ponto de vista dos ecossistemas e, por isso, contêm críticas constantes à "insensata civilização industrial", que insiste em ignorar as leis da natureza, como se a espécie humana não estivesse sujeita a elas. E, assim como não se limita a um ou outro tema, Lutzenberger não fica só em formulações teóricas. Ele propõe alternativas e revela os resultados de seus trabalhos práticos.

Este livro é uma amostra disso.

Agosto de 1985

Este livro é também uma amostra da capacidade que tem Lutzenberger de transformar limões em limonadas, aspecto que fica bem evidenciado em textos acrescentados a esta nova edição, como o da questão das pedreiras e o do projeto para o depósito de lixo da cidade gaúcha de Novo Hamburgo. É característica dele procurar trabalhar em cima da realidade já existente, por mais desanimadora que pareça no primeiro momento, e a partir daí criar algo novo e sustentável.

No sítio da Fundação Gaia, que nasceu em 1987, com o objetivo precípuo de transformar-se em centro de experimentação e demonstração de um modo de viver e produzir ecológico, ampliando a luta ambiental, Lutzenberger e sua equipe estão recompondo uma paisagem inusitada sobre os escombros deixados pela pedreira que antes funcionava no local. Os buracos das escavações transmutaram-se em lagos cheios de vida; pequenos montes de brita evoluem para jardins de cactus e outras plantas nativas da região; prédios, silos e estábulos encaixam-se nos altos e baixos do terreno de tal modo que os desníveis se tornam vantajosos, facilitando operações de carga e descarga, criando espaços práticos e originais, uma paisagem atraente e movimentada – sem nenhuma terraplenagem.

A proposta dos textos técnicos que Lutz elabora ao transpor suas experiências e observações para o papel é sempre a de que sirvam como paradigmas para situações semelhantes, não devendo ser interpretados como receitas prontas. Os próprios textos para ele muitas vezes não estão prontos, chega a ser uma dificuldade publicá-los em livro, pois está sempre querendo aperfeiçoar ou acrescentar mais alguma coisa.

Hoje Lutz está de volta ao seu trabalho como consultor em desenvolvimento ecológico, após os dois anos em que esteve à frente da Secretaria Nacional do Meio Ambiente – período sobre o qual, apesar do assédio da imprensa, tem resistido a fazer uma avaliação pública, por considerá-la ainda prematura. Reassumiu intensivamente suas duas pequenas empresas, que totalizam mais de cem funcionários: a "Tecnologia Convivial", uma consultoria em agricultura regenerativa e tecnologias brandas, empreiteira também em paisagismo ecológico; e "Vida Produtos Biológicos", empresa de fabricação e comercialização que se ocupa de reciclagem de resíduos industriais. Com seus vencimentos como empresário, Lutz ajuda a financiar a Fundação Gaia, entidade sem fins lucrativos, que trabalha na promoção de agricultura regenerativa, auxiliando pequenos agricultores, especialmente da Amazônia, e, no Rio Grande do Sul, trabalha com centenas de catadores de lixo, orientando-os a racionalizar seu trabalho e a se cooperativarem.

A sobrecarga de exigências e incompreensões advindas de sua atuação pública (algumas naturais e justificáveis; outras, nem tanto) não parecem ter produzido maiores alterações em seu estado de ânimo. As mesmas situações que fizeram sua fama de explosivo antes o fazem explosivo agora. De resto, continua combativo e sonhador, ansiando pelos tempos em que "os milhares de jovens, hoje ameaçados de desemprego, percebam quanto trabalho fascinante e compensador existe pela frente" quando se atua com visão holística e postura de diálogo com a Natureza.

Maio de 1992

"Como gostaria de ver o Brasil, este precioso pedaço de Gaia em que tive a sorte de nascer, transformar-se no berço do renascimento cultural de nossa espécie e da recuperação do Grande Processo Criativo" – escreveu Lutzenberger em *O Livro da Profecia – O Brasil do Terceiro Milênio* – editado pelo Senado brasileiro em 1997. "Quero dedicar os anos que me sobram a este trabalho fundamental."

Apesar de àquela altura já estar com a saúde debilitada, Lutz cumpriu seu intento. Prosseguiu com sua peregrinação ao redor do mundo, buscando consciência pública e decisão política para mudar a concepção e os modelos de progresso da humanidade.

Continuou desenvolvendo a proposta conscientizadora da Fundação Gaia e orientando a filosofia e o aprimoramento técnico da "Vida Produtos e Serviços em Desenvolvimento Ecológico", que resultou da fusão das duas empresas por ele fundadas em 1979. Continuou também escrevendo, produzindo textos publicados na imprensa brasileira e no exterior, e aceitou trabalhar em um livro de memórias, dispondo-se a abordar em profundidade temas aos quais até então resistia.

Lutzenberger ausentou-se de Gaia em 14 de maio de 2002. A pedido dos médicos que o assistiam – e que tentavam amenizar as consequências da miocardiopatia e do enfisema pulmonar de que sofria – no dia anterior internara-se em um hospital para fazer alguns exames. Entrou caminhando, com sua pasta gorda, sua agenda e a costumeira coleção de revistas semanais. Dormiu tranquilo e, na manhã do dia 14, antes que qualquer agulha pudesse espetá-lo, após tomar café com a filha Lara e no momento em que atendeu uma ligação da filha Lilly, seu coração parou de bater. Apenas parou. Sóbrio e simples como um carrilhão quando termina a corda.

Reorganizamos a obra impressa de Lutzenberger, a começar por *Do Jardim ao Poder*, um manual de ecologia que retorna reformulado, enriquecido com novos textos, que se desdobrarão em dois volumes. E volta ao formato *pocket*, para que a proposta de Lutzenberger se coloque ágil e acessível, fonte generosa de inspiração para o renascimento cultural de nossa espécie e a recuperação do Grande Processo Criativo em nosso planeta.

Maio de 2004

JOSÉ LUTZENBERGER

JOSÉ LUTZENBERGER é o mais destacado ambientalista que o Brasil já conheceu. Nascido em Porto Alegre em dezembro de 1926, Lutzenberger estudou Agronomia e poucos anos depois de formado tornou-se executivo graduado de uma multinacional europeia da agroquímica, ocupando cargos de chefia da empresa nas sedes da Venezuela, de onde comandava operações no norte da América do Sul e Caribe, e depois no Marrocos, para operações no norte da África. Inconformado com a enxurrada química na agricultura, pelo advento dos modernos agrotóxicos, demitiu-se da empresa e voltou para sua cidade natal, buscando atuação profissional coerente com sua formação de naturalista e ecólogo, aperfeiçoada nos anos em que atuou no exterior. Em Porto Alegre passou a liderar a Associação Gaúcha de Proteção ao Ambiente Natural, a Agapan, em 1971, e a partir de então viria a tornar-se mais conhecido como Lutz, um ativista de tempo integral que mudou a face da luta ecologista no Brasil e no mundo.

Primeiro brasileiro a conquistar o "Livelihood Award" da academia sueca que concede o "Nobel Alternativo", Lutzenberger foi durante dois anos ministro do Meio Ambiente, e nessa condição participou da organização da Conferência Mundial para o Meio Ambiente da ONU no Rio de Janeiro, a famosa Eco-92. Poliglota, fluente em cinco idiomas, Lutz tornou-

-se conferencista internacional, interlocutor obrigatório de centenas de organizações não governamentais, universidades, instituições de pesquisa e governos de todo o planeta. Mas nunca mais abandonou o Brasil, onde instituiu a Fundação Gaia, para desenvolver sua concepção de cultura ecológica e constituir-se em centro de educação para a vida sustentável.

Excêntrico e libertário como sempre, Lutz morreu aos 75 anos, no mesmo bairro Bom Fim em que nasceu. Foi restituído à terra no Rincão Gaia, no município de Pantano Grande, e sobre sua sepultura, plantado a seu pedido, cresce um umbu – a árvore símbolo do Rio Grande do Sul.

VALE A PENA TER UM JARDIM?

> *Mesmo quando praticada em escala mínima, a jardinagem restabelece um certo elo entre o homem e a Natureza, abrindo-nos os olhos para seus mistérios.*

Já não é necessário ser naturalista para ver que nossas cidades são monstruosas. Todos começamos a sentir que o que chamamos "progresso" é, na verdade, uma corrida grotesca que nos torna cada dia mais neuróticos e desequilibrados.

Necessitamos de compensações. O jardim pode ser uma dessas compensações. Além de contribuir substancialmente para a saúde do corpo e da alma, a jardinagem poderá constituir ocupação de grande valor educativo, pois nos fará sentir a Natureza, da qual estamos tão alienados. Mesmo quando praticada em escala mínima, a jardinagem restabelece um certo elo entre o homem e a Natureza, abrindo-nos os olhos para seus mistérios. Tivéssemos mais jardins, públicos e privados, seria mais amena e menos embrutecedora a vida nas cidades.

Fazer ou não um jardim que cumpra tão importantes funções depende menos dos meios de que

---

Texto redigido em maio de 1973.

se dispõe do que da própria inclinação e disposição diante da tarefa. Quem é muito rico e dispõe de muita terra é claro que poderá, se quiser, fazer um imenso parque, com paisagismo esmerado. Mas com meios muito modestos também se pode fazer muita coisa, não menos interessante. Grande contentamento e paz de espírito pode-se obter com meios irrisórios. Há os que sabem fazer jardins fascinantes em poucos metros quadrados e que obtêm imensa satisfação no cuidado que lhes dispensam. Até no balcão de uma janela pode-se cultivar um pedaço de natureza, e mesmo num pequeno aquário pode surgir um jardim submerso encantador. A Natureza oferece um sem--número de possibilidades. Quem sabe observá-la e tem imaginação nunca cansará de maravilhar-se diante dela. Sempre descobrirá coisas novas e surpreendentes. Aprenderá a deleitar-se com ela.

Assim como eu posso gostar de jardins grandes e variados ou de árvores centenárias com seu vestido de epífitas, posso também deleitar-me com a arte do bonsai, que consiste em cultivar miniaturas de árvores. Em São Paulo, temos um grupo de japoneses que trouxe de seu país esta tradição. São grandes artistas. Alguns possuem exemplares de indescritível beleza. Essas miniaturas passam de pai a filho. Há os que possuem bonsais de 300 ou 400 anos. Dedicam muito tempo, paciência, amor e carinho a suas plantas. Devem obter tremenda satisfação e paz de espírito nessa arte.

Em nosso País, temos uma flora exuberante – ainda exuberante, porque, da maneira como hoje a combatemos, em poucos anos já não sobrará muita coisa. Nossa flora é uma das mais ricas do mundo. Temos uma infinidade de plantas e comunidades florísticas preciosas que poderiam ser protegidas ou cultivadas. Há campo para especialistas e para generalistas, para os que gostam de dedicar-se a um só grupo de plantas como para os que preferem ambientes complexos. Para os primeiros oferecem-se as orquídeas, cactáceas, bromeliáceas, suculentas ou samambaias, musgos, aráceas, plantas aquáticas ou carnívoras e muitas, muitas outras. Para quem gosta de ambientes harmônicos, os nossos ecossistemas naturais oferecem exemplos de formas e combinações as mais diversas.

O que nos falta é a mentalidade para ver a beleza do nosso mundo. Somos cegos diante da Natureza. Se o homem industrial moderno está, em geral, alienado da Natureza, entre nós esta alienação atinge seu clímax. Predomina entre nós o esquema mental do caboclo que, quando lhe perguntei pelo nome popular de uma determinada planta silvestre, me olhou muito surpreso e respondeu: "Mas isto não é planta. Isto é mato!". Usava a palavra "mato" com entonação profundamente depreciativa. Eu quis saber então sua definição de "planta" e de "mato". Deu-me um olhar ainda mais incrédulo e condescendente e explicou que "mato" era tudo aquilo que vingava sozinho, que não prestava, que devia ser exterminado, e que "planta" era o que se cultivava, o que tinha valor, que dava dinheiro. Quando me afastei, tive a impressão de que ele me considerava um pobre louco, por não saber fazer distinções tão evidentes.

Quem tem este esquema mental nunca saberá, é claro, fazer um jardim realmente interessante, nem terá vontade para tanto. Fará, quando muito, um jardim convencional, do tipo que predomina entre nós, com canteiros geométricos, de preferência rodeados de concreto e com plantas desfiguradas pela tosa ou poda mutiladora. Quando enxergar uma árvore velha coberta de belíssimas epífitas, só pensará em como limpá-la de suas "parasitas". Nos loteamentos, preparará o terreno pela terraplenagem violenta, arrasando tudo o que é natural, para então construir as casas em uma paisagem lunar onde, para fazer um jardim todo artificial, terá que trazer terra vegetal de outro lugar, causando assim mais uma depredação no mato natural em que obtém esta terra.

Só saberá fazer um jardim que lhe proporcione realmente satisfação e serenidade aquele que aprende a amar de fato a Natureza, porque este se dedica pessoalmente às suas plantas. Nunca entregará seu jardim aos que vêm armados com serrote e tesoura de podar e que se dizem jardineiros, mas que são apenas massacradores de plantas. Só quem faz de seu jardim um *hobby* poderá dele tirar prazer compensador.

Não temos demonstrado a mínima sensibilidade nem reverência pelas coisas da Natureza. Já houve entre nós os que ofereciam "concreto verde" para aqueles que reclamavam mais verde. Nossas árvores urbanas estão todas em estado deplorável, por causa da absurda moda das mutilações periódicas, geralmente praticadas pela própria administração pública. Em ambiente como este, é difícil que floresça uma cultura jardinística como a que podemos observar em alguns países europeus.

Mas nunca é tarde para começar.

A ABSURDA PODA ANUAL

> *Em princípio, árvore alguma necessita de poda. Se necessitasse, todos os bosques naturais se acabariam sozinhos. Quanto mais livremente uma árvore consegue desenvolver-se, mais bela e sã ela será.*

Todos os anos, no inverno, repete-se em muitas de nossas cidades um fenômeno pouco conhecido em outras partes do mundo. Há várias décadas fixou-se entre nós uma inexplicável tradição, que consiste na mutilação violenta de nossas árvores, tanto nas ruas e avenidas como nos jardins. Muitas vezes até no campo, junto às casas das fazendas ou do colono, pode-se ver o mesmo descalabro. A esta mutilação damos o nome de poda.

O tratamento aplica-se principalmente aos cinamomos, plátanos, jacarandás, às vezes aos ligustros e extremosas, e até a espécies como paineiras, umbus e guapuruvus. Os maus-tratos são tais que as árvores pouco a pouco se acabam. No caso do cinamomo, ouve-se muitas vezes dizer que esta espécie é de curta vida, mas ninguém parece dar-se conta de que isto se deve justamente às repetidas e contínuas mutilações.

Texto redigido em maio de 1973.

Um cinamomo não mutilado poderia viver centenas de anos.

Em nosso meio, é difícil ver-se uma árvore de rua em bom estado, desenvolvida de acordo com suas próprias leis. Quase todas estão doentes, com tocos e troncos mortos ou parcialmente apodrecidos, de maneira a impedir a cicatrização e recuperação. Uma vez que estão todas fracas e consumidas por dentro, tornam-se presa fácil de certas pragas, como é o caso da cochonilha nos jacarandás. A reação oficial é, então, a de cortar os galhos afetados para eliminar a praga, mas isto significa mais um choque difícil de superar.

Se aceitarmos o argumento, muitas vezes apresentado, de que é necessário defender os fios elétricos do contato com as árvores, para evitar curtos-circuitos, ou de que haveria problemas de umidade junto às casas, verificaremos logo que, mesmo em ruas sem fios, ou do lado em que não há fio, ou onde não pode haver problema de umidade, a violência da agressão é sempre a mesma.

Outra justificativa apresentada por alguns "técnicos" responsáveis (?) é de que se trata de "poda de recuperação", argumento tão absurdo quanto seria a proposição de mutilar as criancinhas para que cresçam melhor. Iludem-se com os brotos fortes e viçosos que aparecem na primavera, após o corte, mas não enxergam as tremendas feridas que ficam e que constituem, daí por diante, janela de infecção para toda a sorte de bactérias e fungos e, mais tarde, entrada para insetos e animais maiores, que irão roendo a árvore por dentro.

Devemos compreender que, em princípio, árvore alguma necessita de poda. Se necessitasse, todos os bosques naturais se acabariam sozinhos. Quanto mais livremente uma árvore consegue desenvolver-se, mais bela e sã ela será, e tanto mais tempo viverá. A poda só tem sentido em fruticultura ou viticultura, em que, segundo esquemas racionais bem definidos, se faz a poda com podão, isto é, com uma tesoura especial, cortando-se em pontos certos galhos da grossura de um lápis. Raríssimas vezes se toca em troncos grossos. Neste último caso, tomam-se precauções especiais. A finalidade desta poda é "educar" a árvore, de maneira a dar-lhe uma forma que facilite a insolação em toda a periferia e no interior, que facilite a colheita e que promova o crescimento de ramos que floresçam para a frutificação. Este tipo de poda constitui toda uma ciência.

Em árvores decorativas ou de sombra, a poda ou o corte só têm sentido quando se quer educar para formas artificiais, coisa que, entretanto, na maioria dos casos é de mau gosto. Mas, neste caso, o trabalho é feito com o podão, já na árvore jovem e em galhos finos, de tal modo que o crescimento é levado na direção desejada. Em todos os demais casos, a poda constitui medida de emergência, nunca de rotina.

Quando houver realmente necessidade de retirar galhos e troncos importantes de uma árvore adulta, para defender um fio, uma fachada ou um telhado, isto é, quando ocorrem falhas de educação prévia ou construções novas no local, o trabalho deverá ser feito dentro de uma técnica especial, chamada "dendrocirurgia". Os galhos e troncos serão retirados, então, de tal maneira que possa haver cicatrização no lugar do corte e condições de recuperação para a árvore. Assim, alguns anos depois será difícil perceber onde foi feito o corte e a árvore nada perderá em elegância de formas.

Para executar este tipo de trabalho é necessário que se compreenda como cresce uma árvore. Isto é muito fácil, mas exige um pouco de observação – algo muito raro no mundo de hoje. Se nosso povo tivesse, durante os últimos vinte anos, observado de perto as árvores, algumas medidas já teriam sido tomadas para evitar a fortuita destruição que ainda testemunhamos.

O esquema de crescimento de uma árvore é fundamentalmente diferente daquele de um animal superior. Enquanto um mamífero, por exemplo, cresce interna e externamente como um todo, todas as partes ao mesmo tempo, com manutenção de estrutura, forma e proporção, uma árvore cresce de maneira algo semelhante a uma colônia de corais: ela cresce na superfície de suas estruturas. Os troncos e galhos engrossam e se alongam, surgem folhas sempre novas, que acabam caindo quando morrem de velhas, sendo substituídas por novas folhas mais adiante. Assim como, no coral, o esqueleto calcáreo é uma estrutura morta que serve de suporte ao conjunto dos pólipos, o lenho do tronco de uma árvore é também uma estrutura morta, mas que funciona como condutor de seiva bruta, enquanto estiver intacto, isolado do mundo exterior e das intempéries pela casca viva que o recobre.

De maneira muito simplificada, poderíamos dizer que o tronco é constituído de lenho, ou seja, a madeira em seu interior, recoberto externamente pela casca. Entre a casca e o lenho encontra-se uma fina camada de tecido especial, "o câmbio". É no câmbio que se faz o crescimento do tronco. Em sua parte interna, o câmbio vai acrescentando o lenho, camada por camada, engrossando assim o tronco com seus anéis anuais, visíveis no corte e que permitem a determinação da idade da árvore. Do lado externo, o câmbio vai acrescentando camadas à casca, que assim engrossa em seu lado interno, à medida que se desgasta em sua parte externa. Só no câmbio se verifica crescimento.

Quando cortamos um tronco, não pode haver recuperação na parte da madeira exposta, nem no interior da casca. É somente na fina linha do câmbio que haverá reconstituição de tecidos novos. O erro mais comum, quando se retiram galhos de uma árvore, está em deixar um toco mais ou menos longo. Este toco quase sempre acaba morrendo até seu ponto de origem ou, se houver brotação, esta raras vezes se fará exatamente em sua extremidade. Neste caso, a ponta que ultrapassa o último broto transforma-se também em toco morto. Estes tocos impedem a formação de tecido cicatrizante, da mesma maneira que, no caso de uma amputação de um membro animal, a não retirada da ponta do osso impediria a cicatrização e o indivíduo acabaria morrendo de infecção.

Para que possa haver cicatrização, para que o lenho possa recobrir-se novamente de casca, é necessário que todo galho retirado seja cortado na origem, sem deixar toco. O corte deve ser limpo e liso, evitando-se rasgar lascas.

Para evitar as lascas, que facilmente se formam no momento da queda do galho, antes de o serrote atravessar completamente o tronco, começa-se cortando o galho algo acima do corte definitivo, serrando de baixo para cima até um terço ou um quarto da grossura do tronco. Serra-se, então, de cima para baixo, um pouco abaixo deste primeiro corte. O galho acaba caindo, deixando um toco sem lasca. Por último, serra-se o toco bem na origem. Por seu peso menor, será fácil serrar o fim sem que haja perigo de serem arrancadas lascas do tronco.

A superfície do corte, que agora é bem rente com a superfície do tronco, deverá então ser protegida contra o apodrecimento. Como qualquer pedaço de madeira exposto à intempérie, o lenho desprotegido acabará apodrecendo. Com o tempo, surgiria um buraco no lugar do corte, o que deve ser evitado. Para isto, aplica-se uma camada de uma substância protetora. Existem tintas especiais para este fim, algumas adicionadas de hormônios de crescimento. Entre nós, infelizmente, como não há nenhuma cultura de proteção e cuidado de árvores, estes produtos são ainda inexistentes no mercado. Mas qualquer tinta a óleo ou sintética permite proteger eficientemente a madeira exposta. Escolhe-se uma tinta marrom ou cinzenta, uma cor que se aproxime da cor do tronco, e pinta-se bem toda a parte exposta*.

Com o tempo, surgirá do círculo do câmbio um anel de tecido cicatrizante. Este anel vai engrossando até cobrir toda a superfície do corte. Quando ele fechar, a árvore estará recuperada. Com os anos, ficará difícil reconhecer o lugar do corte, enquanto que, no sistema hoje predominante, o toco acabaria apodrecendo e dando lugar a um buraco que continuaria crescendo tronco adentro, até matar a árvore. Enquanto o anel de tecido cicatrizante não fechar – e isto, conforme a grossura do galho cortado, poderá levar anos – deve-se repetir a pintura quando ela se deteriorar, tantas vezes quantas forem necessárias, até a cicatrização total.

Para corrigir as consequências de erros cometidos anteriormente, existem ainda técnicas especiais, tais como obturações com cimento ou outros materiais.

---

* Atualmente já existe no mercado um produto excelente para proteção dos cortes: asfalto hidrossolúvel, que se obtém nas lojas de tintas. (N.A.)

INSETICIDAS DOMÉSTICOS

> *Na TV se podem ver anúncios como aquele do bebê dormindo enquanto a mãe aplica um* spray *de inseticida contra mosquito em torno do berço. Quando acontecem calamidades evidentes, a indústria sempre procura culpar o que ela chama de "mau uso". Mas esse mau uso é ela mesma quem promove com os anúncios criminosos que faz.*

A moderna sociedade industrial nos envolve, encobre, satura, com venenos e substâncias estranhas à vida: agrotóxicos no campo, na floresta, no silo e no alimento; aditivos de efeito conservante, condicionante ou simplesmente cosmético nos alimentos; hormônios, antibióticos, sulfas, arsênico ou selênio, corantes, tranquilizantes, nas fábricas de carne ou de ovos; remédios indiscriminadamente vendidos ou receitados, a causar mais doenças iatrogênicas do que as que podem curar; aditivos nos plásticos e demais embalagens; e isto sem enumerar as enxurradas de venenos cancerígenos e mutagênicos nos efluentes aéreos e líquidos e nos detritos sólidos das indústrias. Mas de todas as orgias de venenos a que

---

Texto de fevereiro de 1981.

somos submetidos, talvez a mais absurda seja a dos domotóxicos, os venenos que cada dia mais se aplicam em nossos lares e logradouros públicos.

Os supermercados, armazéns e botequins estão cheios de inseticidas, repelentes, aromatizantes, desinfetantes, em embalagens atrativas, às vezes adicionadas de presentes para as crianças. Na TV se podem ver anúncios como aquele do bebê dormindo enquanto a mãe aplica um *spray* de inseticida contra o mosquito em torno do berço.

Conhecido colunista, titulando-me de apóstolo do mosquiteiro, chegou a protestar contra um artigo meu, dizendo que após trinta anos de uso constante do DDT ele prefere sinceramente os apregoados riscos deste veneno à "antiga tenda de torturas noturnas". Nada se pode opor à sua preferência, pois sabe o que faz. Mas que dizer da vovozinha que, fascinada com o carinhoso anúncio de TV, resolve submeter seu netinho à inalação contínua, noite após noite, durante anos, de doses pequenas, ou nem tão pequenas, de venenos como carbamatos, dicloros, diazinon, ácido crisantêmico e tantos outros venenos, que podem ou atacar o sistema nervoso central, ou o sistema respiratório ou causar problemas no sistema imunológico, renal, hepático e demais sistemas do organismo, podendo ainda atacar vários deles ao mesmo tempo? Na maioria dos casos esses produtos, vendidos sem nenhuma advertência quanto à sua real periculosidade, são verdadeiros coquetéis diabólicos. Os sintomas que aparecem no envenenamento agudo podem confundir qualquer médico que, aliás, na prática quase nunca está advertido e muitas vezes ignora o alcance do malefício, o que é naturalmente do interesse da indústria química. E que culpa terá a criança quando, mais adiante em sua vida, aparecerem-lhe malefícios irreversíveis?

Quando acontecem calamidades evidentes, a indústria sempre procura culpar o que ela chama de "mau uso". Mas esse mau uso é ela mesma quem promove com os anúncios criminosos que faz. Se para o técnico é complicado informar-se – na maioria dos casos é muito difícil descobrir nas etiquetas em letras ultrapequenas quais os ingredientes ativos de cada produto – como esperar que a dona de casa, que de nada suspeita, se aperceba de estar com uma arma na mão? Os poucos dados toxicológicos divulgados são quase sempre originários da própria indústria, que tem interesse em não "estragar a imagem" de seus produtos. Um agente conhecido como DDVP foi promovido amplamente dez anos atrás como sendo absolutamente inofensivo, e hoje sabemos que pode causar problemas muito graves. Entretanto, ele continua presente em quase todos os *sprays* vendidos para uso doméstico.

Será que precisamos mesmo de todos esses venenos dentro de casa? Será que eles adiantam? Por um lado, fixou-se uma descabida ojeriza por tudo quanto é "bichinho" nas mentes alienadas da maioria das pessoas que se criaram no meio do concreto. Basta algum insetozinho mover-se dentro de casa e lá vem a bomba de veneno! Chegam a telefonar-me para saber como matar os morcegos que de noite circulam no quintal. Animais aliados do homem como este, ou como aquelas pequenas lagartixas de corpo translúcido, os gecos, são ferozmente perseguidos, quando deveriam ser promovidos. O geco, vindo do norte tropical, levou quase vinte anos para adaptar-se ao clima do Rio Grande do Sul. Agora vem sendo exterminado pelos *sprays* e pelas violentas "desinsetizações".

Diante disso, torno a perguntar: será que recursos como o mosquiteiro, as iscas para moscas e baratas, as cortinas e as telas nas janelas, as fitas nas portas, todos esses recursos tão eficientes, tão baratos e tão amenos merecem os tabus intransponíveis criados contra eles? É claro que há os que promovem estes tabus, e são os que lucram com a venda dos venenos.

E por que será que os órgãos responsáveis por trabalhos de saneamento não mais conhecem os trabalhos sistemáticos de erradicação de focos de mosquitos que eram tão eficientes no passado? No nosso Estado a malária foi erradicada antes do DDT. É sabido, especialmente em nossas praias, que as mais poderosas fábricas de mosquitos são as fossas mal pensadas e mal mantidas. De nada adiantam as pulverizações com os superpotentes nebulizadores dos órgãos de saúde pública dentro de casa, nos jardins ou arbustos de terrenos abandonados, se o foco de mosquito na fossa continua ativo a todo o vapor. Onde está a inspeção das fossas? Toda fossa que tiver respirador horizontal em direção à sarjeta pode produzir milhões de mosquitos por dia. Onde está o esforço público para ensinar como fazer uma fossa com sifão na saída, que não permita a entrada das fêmeas ovadas? Onde está o trabalho sistemático de eliminação dos demais tipos de focos de proliferação dos mosquitos, por exemplo, os alagados nas regiões urbanas que recebem cargas de lixo ou esgoto cru? Por que não se verifica nenhuma atividade sistemática neste campo? Por que não se esclarece o público?

Infelizmente, os órgãos públicos aceitam, sem crítica, a filosofia da indústria química. Mas com a química só tratamos sintomas. Precisamos acabar com as causas. E precisamos de novas atitudes.

A PROBLEMÁTICA DO LIXO URBANO

> *Devemos aprender a produzir menos lixo e a não misturar o que, separado, manteria um valor. Lixo não é outra coisa senão material bom no lugar errado.*
> *Na destinação de resíduos também podem ser encontradas soluções baratas, sociais e ecológicas. Começa a escassear o dinheiro para fazer loucuras; talvez possamos então começar a fazer coisas inteligentes – abrindo espaço para trabalho criativo de profissionais hoje ameaçados de desemprego.*

A disposição final do lixo é uma das grandes dores de cabeça de todo prefeito, especialmente nas cidades grandes, onde a coleta alcança milhares de toneladas todos os dias.

Existem soluções simples, baratas, ecológicas e socialmente interessantes, mas são vários os fatores que conspiram para que estas soluções não sejam conhecidas e aplicadas.

Em primeiro lugar está a ideologia da sociedade

Texto redigido em 1985.

de consumo que, na reciclagem de materiais valiosos e irrecuperáveis, só vê a economicidade monetária para a entidade recicladora, não o benefício social e o interesse das gerações futuras. Uma sociedade que fosse racional em termos de uso justo de recursos finitos não produziria o tipo de lixo que produzimos hoje.

Por outro lado, as soluções oferecidas pela tecnocracia requerem investimentos tão enormes e custos de operação tão elevados, sem deixar lucros, que elas não estão ao alcance da grande maioria de nossas administrações municipais, financeiramente exauridas pelo indecente modelo centralista que ainda nos assola.

Entre estas soluções estão as fábricas de compostagem e as usinas de incineração.

As incineradoras exigem investimentos da ordem de vinte mil dólares por tonelada/dia, e o custo de operação está entre dez a vinte dólares por tonelada. Não se recicla nada. Em alguns casos, na Europa, o calor da incineração é usado para calefação de bairros contíguos ou para geração de energia elétrica. Mas a produção de energia é pequena e não cobre os gastos. Sobra a cinza. Esta, por conter metais pesados, não pode ser usada como adubo mineral. É levada a aterros. O efluente gasoso – estas usinas têm chaminés muito altas –, além de causar os mesmos problemas causados pelas fornalhas das usinas térmicas comuns, como a chuva ácida, por exemplo, acrescenta um problema muito grave. Muitas das substâncias sintéticas que hoje constituem parte importante do lixo liberam substâncias tóxicas ao serem queimadas, entre elas a dioxina. Na Alemanha estuda-se hoje o fechamento de todas as usinas incineradoras de lixo, por esse motivo. Aparentemente, as fábricas de compostagem são uma solução ecológica, pois nelas se costuma fazer reciclagem de papéis, metais, plásticos, ossos e outros materiais, transformando a matéria orgânica em adubo orgânico. Mas o custo sempre supera a renda com os materiais reciclados e o composto. Além disso, o composto é de difícil colocação no mercado, uma vez que ele não sai maduro das câmaras de fermentação rotativas, nas quais permanece menos de três dias. Quem quiser usar este composto terá que deixar amadurecer três meses em medas ao ar livre.

Algumas décadas atrás, quando o lixo não continha a alta proporção de plásticos e outros materiais não degradáveis que hoje contém, eram comuns as Câmaras Beccári, que faziam fermentação anaeróbica do lixo. O composto era de boa qualidade, pois ficava maturado por noventa dias. Mas, independente da *qualidade* do lixo atual, seria inconcebível um sistema de Câmaras Beccári para as gigantescas *quantidades* de lixo hoje coletadas.

Uma vez que estas soluções são antieconômicas e inacessíveis para a maioria das prefeituras, costuma-se fazer uma coisa simplória, barata e brutal – o lixo é simplesmente depositado ou enterrado em locais que passam então a chamar-se "aterros sanitários". É difícil imaginar justificativa para o qualificativo "sanitário", pois o que se faz é uma grande porcaria. Sem nenhuma separação ou catação, juntando muitas vezes resíduos industriais, muitos deles venenosos ou mesmo altamente perigosos, o material é acumulado em camadas e, o mais das vezes, deixado assim mesmo. Em raros casos, quando o aterro é supostamente disciplinado e feito de acordo com disposições técnicas internacionalmente reconhecidas, as capas de lixo são tapadas com camadas de argila.

Não consegui ainda ver um lixão desse tipo em que o isolamento das camadas fosse bem feito. Mesmo que fosse, a coisa é sempre uma bomba-relógio. Pode levar décadas, mas a contaminação do lençol freático é inevitável. Quando os lixões absorvem também resíduos industriais, o que quase sempre acontece, surgem problemas bem mais sérios. Basta lembrar Love Canal e Times Beach.

O aterro dito sanitário é um esbanjamento total – nada se recicla. Não se leva em conta que o lixo não é outra coisa senão material bom no lugar errado. Talvez, futuramente, sociedades carentes dos recursos que hoje tão solenemente esbanjamos passem a tratar nossos atuais lixões como minas, mas serão certamente confrontadas com surpresas nada agradáveis e perigos imprevisíveis, como já se viu agora no lixão de Hamburgo, República Federal da Alemanha, com o gravíssimo problema da dioxina.

Não é que hoje falte gente disposta a fazer trabalho de catação. Até no gigantesco lixão da cidade de Colônia, na rica Alemanha, vi gente se infiltrar pelas cercas, no fim da tarde, para catar às escondidas durante a noite. Entre nós a miséria é grande, os materiais são valiosos e não falta mercado. Os sucateiros compram tudo, até papel sujo. Mas, na maioria dos lixões de nossas grandes cidades, os eventuais catadores são mantidos à distância, às vezes a bala. Nas cidades pequenas, entretanto, ainda é comum a catação livre.

Os lixões existentes nas megalópolis modernas atingem hoje dimensões de verdadeiras montanhas. Quando estão bem tapados, a digestão anaeróbia da matéria orgânica produz gás metano que pode ser captado e aproveitado, mas em geral não é. É comum observar-se, nos grandes lixões, aberturas com manilhas de concreto, das quais sai uma chama azul permanente. Daí ter surgido, ultimamente, a ideia dos "aterros energéticos". De fato, nos Estados Unidos existem alguns lixões tão grandes que o gás é suficiente para mover pequenas usinas elétricas. Mas não se pode alardear eficiência energética neste tipo de aproveitamento. Seria como derrubar uma árvore gigante centenária para aproveitar o mel de uma colônia de arapuãs. Bem maior é o aproveitamento energético nas incineradoras de lixo.

Na Alemanha, em Aalen, um engenheiro de nome Kiener desenvolveu um método de pirólise (destilação a seco) altamente eficiente em termos energéticos, permitindo ainda reciclar os metais, com um mínimo de problemas de poluição. A mistura de gases pesados obtidos na fase inicial do processo é craqueada em forno especial em altas temperaturas. Este sistema destrói até agrotóxicos clorados e, se bem operado, não deixa escapar substâncias tóxicas. Mas é um processo complexo e caro, que exige cuidados extremos. Este processo seria interessante, isto sim, para a destruição de agrotóxicos. Hoje apodrecem em estantes ou depósitos milhares de toneladas de venenos (inseticidas, fungicidas, herbicidas etc.), produtos farmacêuticos, tintas sintéticas ou com metais pesados, uma infinidade de substâncias perigosas ou potencialmente perigosas, sem que se saiba o que fazer com elas. Na maioria dos casos, a pirólise seria solução aceitável de destino final.

Voltando ao problema das prefeituras, qual seria a melhor solução para o lixo? Quero relatar um fato concreto.

Em Recife existe um grande lixão, totalmente indisciplinado, conhecido pelo nome de "Lixão dos Prazeres". Lá são descarregadas diariamente centenas de toneladas de lixo urbano e industrial. A área é pantanosa, um antigo manguezal. O único trabalho que a administração pública faz é o de espalhar o lixo que as caçambas de coleta trazem, usando para tanto um pesado trator de esteira. O chorume que exsuda das massas em putrefação corre diretamente para o manguezal. De prazeres o lixão nada tem. O espetáculo é dantesco, atesta muito bem a incrível injustiça social existente no Nordeste. Neste lixão vivem quase duas mil pessoas. São famílias inteiras, com anciãos, crianças e bebês. Várias criancinhas já foram aplastadas pelo trator que, sem dar-se conta, passou por cima delas enquanto dormiam em depressões do lixo. Quando as caçambas chegam, são assaltadas pelos catadores. Os mais jovens saltam em cima. Outros, antes que o veículo possa parar, já abrem as tampas, cada um tentando catar o que pode. Mas esta pobre gente não apenas apanha tudo o que pode ser reciclado, ela também come lixo. Qualquer restinho de comida, frutos, ossos de galinha, é logo devorado, sem que se interrompa o trabalho de catação. Lindas crianças que ainda nem caminham já catam para comer. Não há nem vestígio de instalações sanitárias. Essa gente não tem nem onde lavar-se, a única água existente é a do chorume e dos charcos fétidos. Em volta do lixão instalaram-se barracos feitos de trapos e pedaços de pau, onde operam os intermediários, que compram dos catadores o material catado, para então revendê-los aos sucateiros.

A entidade de planejamento metropolitano de Recife, para resolver o problema do lixo, partiu para uma solução tipicamente tecnocrática-centralista, cara, agressiva ao ambiente e ignorando totalmente o problema social das pessoas que, em toda a sua miséria, executam um trabalho socialmente importante, que é a reciclagem de materiais valiosos. A solução iniciada não visa a reciclar nada, deixando os catadores numa miséria ainda maior do que a atual.

A solução iniciada, com pesado empréstimo do Banco Mundial (ao que se diz, são cerca de 20 milhões de dólares), é a do "aterro sanitário energético". Como quase sempre acontece nesses casos, o local escolhido para o aterro é um das últimas áreas de grande preciosidade, uma relíquia de mata atlântica intacta, na encosta do planalto contíguo a Recife. O estrago já feito é indescritível: cortes gigantescos, de uma agressividade ímpar, provocando deslizes igualmente gigantescos, para alegria do empreiteiro das máquinas de terraplenagem, que assim pode movimentar sempre mais terra. Além da orgia de terraplenagem, foram celebradas orgias de concreto na construção de estações de transbordo. Todo o lixo da Grande Recife, o que inclui as municipalidades circundantes, seria levado ao mesmo lugar. As caçambas coletoras levariam o lixo até as estações de transbordo, e dali jamantas especiais o transportariam para o grande aterro.

Com os protestos dos moradores vizinhos ao novo lixão, com os protestos dos catadores em defesa de seu parco meio de subsistência e com o desinteresse das indústrias que deveriam consumir o gás gerado, viabilizou-se uma ação política no parlamento estadual, conseguindo-se assim a paralisação do projeto. Entretanto, não foi possível motivar a administração pública para executar a solução óbvia, barata, social e ecológica.

Por que não aproveitar a mão de obra já existente no lixão, mas melhorando substancialmente suas condições de trabalho? Uma insignificante fração do custo de projeto mirabolante bastaria para prover os catadores de macacões de trabalho, luvas, botas e ferramentas. No local poderiam ser instalados WCs e chuveiros e construídas choupanas simples, com telhados de palha, com mesas e locais de repouso e para pernoite. O clima tropical não exige construções caras. Todas as instalações poderiam ser rústicas, simples e baratas. O trabalho seria coordenado e disciplinado por assistentes sociais. O comércio dos materiais catados seria igualmente disciplinado, para evitar a exploração. Os catadores ganhariam então o suficiente para não mais terem que comer lixo.

Dentro desse enfoque, o próprio lixão seria disciplinado para facilitar a catação e propiciar a compostagem. Hoje, o trator logo espalha e aplasta o material. Muita coisa se perde porque fica enterrada, aplastada ou lambuzada. Um administrador inteligente e motivado poderia dirigir os trabalhos, levando a lugares predeterminados as caçambas que chegam. Às vezes chegam caminhões só com material vegetal, proveniente de jardins, que poderia ir direto para as medas de compostagem, onde normalmente só fica a matéria orgânica que sobra da catação. Seria necessário também disciplinar a deposição de resíduos industriais. Os materiais inócuos, como cal e entulhos, poderiam ser logo depositados nas margens do lixão ou nos caminhos. Parte dos lixos industriais são recicláveis, outros são perigosos, devendo-se então estudar um destino especial para estes últimos, e as indústrias terão que arcar com os custos.

Um esquema assim não dará grande lucro à Prefeitura, mas contribuirá para cobrir as despesas – insignificantes despesas, se comparadas com os custos monetários, sociais e ambientais do esquema tecnocrático. O composto produzido, cerca de 20% do peso do lixo bruto, ou seja, mais de cem toneladas diárias no caso do Lixão dos Prazeres, seria vendido à agricultura, a jardins particulares e também usado em praças e parques da metrópole.

E o que fazer com a gigantesca buraqueira que fica na montanha onde se pretendia fazer o "aterro sanitário energético"? Quando da paralisação das obras, o movimento ambiental de Recife propôs que a área toda fosse declarada reserva biológica. O remanescente da floresta estaria protegido; o deserto de saibro, taludes e deslizes pouco a pouco seria reconquistado pela vegetação original. Interessantes estudos de sucessão ecológica poderiam ali ser feitos pela Universidade. Teríamos ali um museu testemunhando os absurdos enfoques da tecnocracia moderna. As construções já prontas para a administração do lixão seriam usadas para a administração do parque-museu.

Na época atual de crise, mas também de democratização, soluções humanas, de tecnologia branda e respeito ecológico, são as únicas que têm sentido. Felizmente, começa a escassear o dinheiro para fazer loucuras; talvez possamos então começar a fazer coisas inteligentes. É claro que diminuirão as oportunidades de corrupção para alguns, mas quanto trabalho interessante, fascinante e criativo surgirá, especialmente para jovens profissionais hoje ameaçados de desemprego.

Quanto mais descentralizado este tipo de trabalho, melhor. Mais fáceis são as soluções, tanto técnica quanto socialmente, e mais próximas elas ficam do cidadão, que assim se conscientiza dos problemas que causa e mais disposto estará a colaborar. Precisamos todos aprender a produzir menos lixo, rejeitando os apelos publicitários que nos querem atochar sempre mais produtos e embalagens desnecessárias. Devemos também aprender a não misturar cegamente o que, separado, manteria um valor, como papel e restos de comida, por exemplo, ou entulho dentro de um lixo orgânico que facilmente poderia ser compostado, se não tivesse entulho.

Em Olinda, ao lado de Recife, temos um exemplo muito lindo de reciclagem e compostagem de lixo em um bairro pobre. Outro modelo deste tipo existe em Curitiba. Em Porto Alegre, em um canteiro de obra que não chega a um quarto de um hectare, junto a um lixão convencional, está sendo demonstrado que é fácil reciclar e compostar 30 a 50 toneladas de lixo por dia, utilizando máquinas que qualquer prefeitura de cidade pequena tem: trator de esteira, carregadeira, caçambas e uma peneira rotativa que pode ser feita em qualquer oficina mecânica.

Apesar do absurdo da composição do lixo moderno, a compostagem é mais simples e fácil do que parece e, com um pouco de cuidado, não oferece perigo. À medida que o lixo chega, ele é acumulado em pilhas ou medas de vários metros de largura e até dois metros e meio de altura, comprimento indefinido.

Inicialmente só se retiram os escombros grandes, tais como caixas ou pneus, mas começa-se logo com a catação que, no entanto, será somente na superfície, sem revolver. A grande proporção de plástico, longe de complicar, nesta fase ajuda o processo de compostagem, pois mantém a pilha bem arejada. Já nas primeiras horas, o centro da pilha fica quente, alcançando temperaturas de mais de 60ºC.

Uma vez que a capa externa não fica quente, esta atrai moscas que ali vão desovar. Por isso, a pilha deve ser revolvida uma ou duas vezes antes de passados dez dias, de maneira que o material externo venha a parar no centro, onde também ficará quente. Ovos, larvas e ninfas da mosca morrem. Se este trabalho for bem feito, a compostagem contribui para diminuir a população de moscas da região, uma vez que as fêmeas que nela desovam teriam desovado em outros lugares. Num esquema mais maduro de compostagem, quando houver chorume, este pode ser coletado em valetas e regado sobre as medas frescas. Além de ajudar no processo de fermentação e decomposição, ele repele a mosca doméstica e diminui a necessidade de revolvimento.

Cada vez que a meda é revolvida, cata-se novamente na superfície. Os catadores devem participar do preço de venda dos materiais catados. Eles serão então surpreendentemente eficientes.

À medida que as medas envelhecem, diminuem de volume. O material que passou pela fase de aquecimento não mais atrai moscas para desova, em princípio não precisa mais ser revolvido; mas, com a diminuição de volume, pode ser empurrado para junto de material de mesma idade, para a maturação final, dando espaço para material novo. Em noventa dias o composto pode ser peneirado. Ideal é uma peneira de malha 8mm. Obtém-se então um terriço muito lindo, de excelente qualidade para uso em hortas, jardins e pomares. O que não passa pela peneira sofre a última catação. Agora não escapa uma tampinha de garrafa. Materiais orgânicos ainda não decompostos voltam às medas de lixo fresco, onde servem de inoculante.

Erro muito grave, que alguns esquemas de compostagem cometem, é a trituração. Isto produz um composto repleto de cacos de vidro e flocos de plástico que o agricultor rejeita. Com os flocos de plástico também aparecem metais pesados no composto, especialmente o cádmio. A trituração também destruiria as pilhas elétricas, liberando, entre outros metais, o mercúrio. Outra grave fonte de mercúrio seriam os tubos de lâmpadas fluorescentes. Estas devem ser mantidas fora do composto, pois sempre se rompem. Aliás, numa sociedade decente, respeitosa de seus filhos e netos, esse tipo de coisa ou não seria utilizada ou os fabricantes seriam responsabilizados por sua reciclagem, só entregando uma lâmpada nova para quem devolvesse a velha. O mesmo se aplica às pequenas pilhas mercuriais dos modernos relógios digitais ou computadores de bolso.

Não quero aqui entrar em mais detalhes técnicos. Minha intenção é apenas mostrar que, se abandonarmos os enfoques simplórios e brutais da moderna Sociedade de Consumo, podemos resolver facilmente problemas que ainda são considerados insolúveis.

Se o problema dos lixos e efluentes industriais for atacado dentro de uma filosofia semelhante, logo encontraremos muitas soluções interessantes e rendosas. Em Porto Alegre foi organizada uma "bolsa de resíduos", que já tornou possível o aproveitamento de muito resíduo antes causador de poluição. Uma "central de entulhos" cumpriria função semelhante.

O LIXO DOS HOSPITAIS

> *É verdade que entre os componentes dos resíduos sólidos dos hospitais existem alguns que inspiram cuidados, mas estes não constituem dez por cento do lixo hospitalar.*

De alguns anos para cá tem surgido nos meios de comunicação preocupação com o chamado "lixo hospitalar". Concomitantemente apareceram no mercado instalações para incineração de lixo, instalações complexas e caras. Surgiram também portarias, a nível estadual e federal, tornando obrigatória a incineração do lixo dos hospitais.

É verdade que entre os componentes dos resíduos sólidos dos hospitais existem alguns que inspiram cuidados quanto à contaminação, de fato ou potencial, com agentes patógenos, e estes devem portanto ser tratados com precaução especial. Trata-se das ataduras e curativos usados, seringas e agulhas descartadas, algumas roupas e tecidos sujos de pessoas com enfermidades contagiosas, peças anatômicas e partes de tecidos humanos. Estes restos, no entanto, não constituem dez por cento do lixo de um hospital. O saldo, os outros noventa por cento, está constituído de papéis,

---

Texto datado de junho de 1990.

plásticos, metais, vidros, restos de comida, varredura etc. Designar os cem por cento como "lixo hospitalar" e obrigar a sua incineração é um contrassenso.

O caminho certo é a separação na origem. Somente aquilo que potencialmente poderia veicular agentes patógenos deve ser levado a processos de desativação dos contaminantes. Uma separação na fonte permitiria a reciclagem dos materiais úteis, como plásticos e papéis ou metais e vidros. As próprias seringas e agulhas usadas, se desde logo após seu uso forem mantidas em recipiente especial, sem mistura com outros materiais e sem contato manual, poderão ser esterilizadas e levadas à reciclagem do plástico e dos metais.

Quanto aos resíduos sólidos potencialmente perigosos, as possibilidades de desativação dos patógenos são várias: incineração, pirólise, autoclavagem, tratamento a vapor, esterilização química ou por radiação, compostagem especial ou enterramento.

A incineração e a pirólise são os métodos menos aconselháveis. As instalações são complexas, muito caras e vulneráveis. Exigem operação e manutenção excepcional. Qualquer descuido pode levar a problemas sérios. Caso o material pirolisado ou queimado contenha certos tipos de plásticos, como o PVC ou outros organoclorados, e se os gases resultantes da combustão ou pirólise não forem adequadamente craqueados em temperaturas elevadas, poderão surgir e ser distribuídas no ambiente dioxinas, que são os venenos de efeitos mais graves que se conhecem. É difícil imaginar que um aparelho desses funcione durante anos, com todas as panes que são inevitáveis em técnica tão complexa, sem que surjam problemas graves.

Bem mais fácil, menos onerosa e menos problemática é a esterilização do material contaminado em autoclave (cozimento sob pressão). Gasta-se menos energia, não há problema de emissões e, após a esterilização, o material poderá ser levado ao lixo comum, poderá ser incluído em composto ou mesmo enterrado. Mas em um esquema de compostagem bem-feito e cuidadoso o material contaminado poderá ser esterilizado no próprio composto. As altas temperaturas e a microflora aeróbia se encarregam de destruir os patógenos. O mesmo acontece com um enterramento cuidadoso. Basta lembrar os cemitérios.

Esta questão precisa ser repensada. Vamos evitar precipitação e vamos partir para soluções realmente inteligentes. Àqueles que insistem em medo desmedido sugerimos que encontrem uma solução para o esgoto dos hospitais. E o que fazer com o lixo das pessoas doentes que estão fora dos hospitais? E os laboratórios de análises clínicas? E as clínicas veterinárias? E o mercúrio dos consultórios dentários?...

A PROBLEMÁTICA DOS AGROTÓXICOS

> *Quando um agricultor orgânico faz determinados tratamentos com substâncias não tóxicas para fortalecer a planta, então sim, deveríamos usar a palavra "defensivo". Por isso, agrônomos conscientes lançaram a palavra "agrotóxicos" para designar os biocidas da agroquímica. Não se trata de querer agredir a indústria, trata-se de precisão de linguagem.*

Como surgiu e proliferou a agroquímica? Interessante é notar que ela não foi desencadeada por pressão da agricultura. A grande indústria agroquímica que impõe seu paradigma à agricultura moderna é resultado do esforço bélico das duas grandes guerras mundiais, 1914-1918 e 1938-1945.

A primeira deu origem aos adubos nitrogenados solúveis de síntese. A Alemanha, isolada do salitre do Chile pelo bloqueio dos Aliados, para a fabricação em grande escala de explosivos, viu-se obrigada a fixar o nitrogênio do ar pelo processo Haber Bosch.

Texto redigido em 1985.

Depois da guerra, as grandes instalações de síntese do amoníaco levaram a indústria química a procurar novos mercados. A agricultura se apresentou como mercado ideal.

Da mesma maneira, ao terminar a segunda das guerras mundiais, a agricultura surge, novamente, como mercado para desenvolvimentos que apareceram com intenções destrutivas, não construtivas.

A serviço do Ministério da Guerra, químicos das forças armadas americanas trabalhavam febrilmente na procura de substâncias que pudessem ser aplicadas de avião para destruir as colheitas dos inimigos. Um outro grupo, igualmente interessado na devastação, antecipou-se a eles. Quando a primeira bomba atômica explodiu, no verão de 1945, viajava em direção ao Japão um barco americano com uma carga de fitocidas, então declarados como LN 8 LN 14, suficientes para destruir 30% das colheitas. Com a explosão das bombas, o Japão capitulou, o barco voltou. Mais tarde, na Guerra do Vietnam, esses mesmos venenos, com outros nomes, tais como "agente laranja" e agentes de outras cores, serviram para destruição de dezenas de milhares de quilômetros quadrados de floresta e de colheitas. Da mesma maneira que os físicos que fizeram a bomba, para não ter que abolir as estruturas burocráticas das quais agora dependiam, propuseram o "uso pacífico da energia nuclear", os químicos que conceberam aquela forma de guerra química passaram a oferecer à agricultura seus venenos, agora chamados de herbicidas, do grupo do ácido fenoxiacético, o 2,4-D e o 2,4,5-T MCPA e outros.

Na Alemanha, entre os gases de guerra concebidos para matar gente em massa, estavam certos derivados do ácido fosfórico. Felizmente não foram usados em combate. Cada lado tinha medo demais dos venenos do outro. Após a guerra, existindo grandes estoques e grandes capacidades de produção, os químicos lembraram-se que o que mata gente também mata inseto. Surgiram e foram promovidos assim os inseticidas do grupo do parathion.

Também o DDT, que só foi usado para matar insetos, surgiu na guerra. As tropas americanas no Pacífico sofriam muito com a malária. O dicloro-difenil-tricloroetil, conhecido há mais tempo, mas cujas qualidades inseticidas acabavam de ser descobertas, passou a ser produzido em grande escala e usado com total abandono. Aplicava-se de avião em paisagens inteiras, tratava-se as pessoas com enxurradas de DDT. Depois da guerra, mais uma vez, a agricultura serviu para dar vazão aos enormes estoques sobrantes e para manter funcionando as grandes capacidades de produção que foram montadas.

O negócio dos pesticidas transformou-se num dos melhores negócios, e um dos mais fáceis. Tão fácil quanto o negócio dos entorpecentes. Quanto mais se vendia, mais crescia a demanda. A situação atual se assemelha a uma conspiração muito bem bolada. Os mesmos grandes complexos industriais que induziram o agricultor a que desequilibrasse ou destruísse a microvida do solo com os sais solúveis concentrados que são os adubos minerais sintéticos, oferecem então os "remédios" para curar os sintomas dos desequilíbrios causados. Estes remédios causam novos estragos e desequilíbrios, novos "remédios" são oferecidos, e assim por diante.

Com o uso intensivo dos adubos químicos, a agricultura enveredou por um caminho inicialmente fácil e fascinante, pois era simples e trazia aumentos espetaculares de produtividade. Mas, a longo prazo, este caminho, como agora já se vislumbra, é um caminho suicida.

O desequilíbrio ou a destruição da microvida do solo pelo abandono da adubação orgânica e alimentação direta da planta com os sais solúveis, assim como o uso intensivo dos herbicidas, tem como consequência o aumento da suscetibilidade às pragas e enfermidades. Surgem então os inseticidas, acaricidas, nematicidas, fungicidas e outros biocidas. Estes, por sua vez, levados ao solo pela chuva, contribuem para uma destruição ainda maior da microvida. Os organismos maiores do solo, como a minhoca, talvez o melhor aliado que o agricultor possa ter, desaparecem por completo, em nossas lavouras, hortas e pomares modernos. Agindo diretamente sobre a planta, os pesticidas, como venenos que são, contribuem ainda para desequilíbrios no metabolismo da planta. Tudo isto aumenta ainda mais a suscetibilidade às pragas e doenças. Portanto, uso ainda mais intensivo dos venenos, sempre produzidos pelo mesmo complexo de indústrias. Para combater, então, as doenças causadas pelo envenenamento generalizado do ambiente e do alimento, as mesmas grandes fábricas oferecem os medicamentos.

E tudo torna-se sempre mais caro. O agricultor, antes autárquico, que produzia com insumos obtidos em sua própria terra ou comunidade, torna-se simples apêndice da grande indústria química e de maquinária. A situação da agricultura americana, tão invejada pela sua grande produtividade, é significativa. A quase totalidade dos agricultores pequenos e médios, hoje altamente capitalizados, totalmente dependentes de insumos industriais, encontra-se em situação de insolvência. Por mais que se esforcem, não conseguem mais ganhar para pagar os juros dos empréstimos. Voltou, inclusive, um estrago muito grave que parecia resolvido na década de 1940 com os grandes programas de conservação do solo. Hoje, a erosão volta a campear na agricultura americana, comprometendo o futuro da nação.

A indústria química conseguiu impor seu paradigma na agricultura, na pesquisa e no fomento agrícola e dominou as escolas de agronomia. Ela impôs um tipo de pensamento reducionista, uma visão bitolada que simplifica as coisas mas que acaba destruindo equilíbrios que podem manter uma agricultura sã. A praga e as enfermidades das plantas são apresentadas como inimigos arbitrários, implacáveis, cegos, que atacam quando menos se espera e que devem, portanto, ser exterminados ou, quando isto se torna impossível, ser combatidos da maneira mais violenta e fácil possível. O camponês tradicional e o agricultor orgânico moderno sabem que a praga é sintoma, não causa do problema. Com um manejo adequado do solo, adubação orgânica, adubação mineral insolúvel, adubação verde, consorciações, rotação de cultivos, cultivares resistentes e outras medidas que fortificam as plantas, eles mantêm baixa a incidência de pragas e moléstias das plantas. O paradigma da indústria química não leva em conta estes fatores. Combate sintomas e não procura as causas.

Típico deste paradigma é o proceder dos "técnicos" da Campanha Nacional de Erradicação do Cancro Cítrico, que agora assolam a região citrícola do Rio Grande do Sul. Sua tarefa é simples – erradicar. Quando visitam um viveiro de árvores cítricas, só procuram constatar os sintomas da doença. Quando os encontram, demolem e queimam todo o viveiro, mais todas as plantas cítricas dentro de um determinado raio, que era de 1.000m, mas que já diminuiu para 50m, devido aos protestos dos viveiristas. Se não encontram nada, seguem para outra. Não dialogam nem com o agricultor, muito menos com as condições locais de solo, de ambiente, de métodos agrícolas. Nunca perguntam ao agricultor como ele preparou seu solo, como adubou, que tipos de adubos aplicou, se usou herbicidas ou outros venenos. Entretanto, quem faz estas observações nota logo que há relação entre a ocorrência ou intensidade da moléstia e as condições de solo, adubação, de matéria orgânica no solo, de rotação, de tratamento com herbicidas ou outros venenos, de afinidade de enxerto etc. É claro que o programa de erradicação jamais conseguirá erradicar a bactéria associada aos sintomas do cancro cítrico, mas o programa já quase exterminou a citricultura no

Estado do Paraná e se prepara para exterminá-la no Rio Grande do Sul.

Dentro dessa visão, a agricultura, que deveria ser o principal dos fatores de saúde do homem, é hoje um dos principais fatores de poluição. Uma das formas insidiosas de poluição. O leigo vê a fumaça que sai das chaminés, dos escapes de carros, vê a sujeira lançada nos rios. Mas, quando compramos uma linda maçã na fruteira da esquina, mal sabemos que esta fruta recebeu mais de trinta banhos de veneno no pomar e, quando entrou no frigorífico, foi mergulhada em um caldo de mais outro veneno. Alguns dos venenos são sistêmicos. Quer dizer, eles penetram e circulam na seiva da planta para melhor atingir os insetos que se alimentam sugando a seiva. Não adianta lavar a fruta.

É claro que a indústria química sabe que está lidando com fogo, e a população começa a preocupar-se. Para acalmar o público assustado e para proteger-se de possíveis problemas, ela complementa seu paradigma de uso dos venenos com uma série de conceitos pseudocientíficos e jurídicos e usa toda uma nomenclatura especial.

Inicialmente, quando a consciência ecológica era pouca, os venenos eram apresentados com o termo genérico "pesticidas". A ideia era simples, combate às pestes. Em inglês a palavra "pest" é usada em linguagem coloquial para designar "bichos" indesejáveis. Cedo, no Brasil, passaram a usar o termo "defensivos". Uma palavra menos agressiva, que inspira mais confiança e não tem conotações negativas.

Acontece que os produtos oferecidos pela indústria química para o combate de pragas e moléstias das plantas, com raríssimas exceções, são biocidas. Eles o são deliberadamente. A intenção é matar organismos considerados indesejáveis. Seria mais lógico que esses biocidas fossem designados com a palavra "agressivos" ou simplesmente, se quisermos ser honestos, de "venenos". Quando um agricultor orgânico faz determinados tratamentos com substâncias não tóxicas para fortalecer a planta, como quando usa soro de leite, iogurte, biofertilizantes, extratos de algas, fermentos e outros, diminuindo a incidência de pragas e enfermidades (não porque matem os agentes patogênicos e os parasitas, mas porque deixam a planta com mais resistência), então sim, deveríamos usar a palavra "defensivo". Por isso, agrônomos conscientes lançaram a palavra "agrotóxicos" para designar os biocidas da agroquímica. Não se trata de querer agredir a indústria, trata-se de precisão de linguagem. Esta palavra está agora consagrada nas leis dos agrotóxicos de já mais de uma dúzia de estados da Federação.

Uma vez que é inegável que, ao aplicar agrotóxicos na lavoura, sobram resíduos no alimento, a indústria arroga-se o conceito "dose de ingestão diária admissível" – ADI (*admissible daily intake*). Para cada um de seus venenos, ela afirma que o organismo humano pode ingerir, inalar ou absorver pela pele certa quantidade diária, sem que isso tenha consequências para sua saúde. Em se tratando dos venenos fulminantes e persistentes em questão, não deixa de ser um conceito temerário. Se aceitarmos este conceito, teremos que insistir em que todos os nossos alimentos sejam constante e exaustivamente analisados e retirados imediatamente do mercado caso haja transgressão. Todos sabemos que nada disso acontece na prática cotidiana. Os escândalos só estouram quando ambientalistas preocupados conseguem que sejam feitas algumas análises ou quando levam a público resultados oficiais que permaneciam engavetados. Os administradores públicos sempre procuram negar a gravidade do que foi encontrado. Só quando a pressão popular é grande consegue-se ação oficial.

A ADI deriva de outro conceito, aparentemente científico, na realidade extremamente rudimentar e grosseiro. Trata-se da medida de toxidade chamada LD^{50}, ou seja, dose letal 50%. Para achar este valor para um determinado veneno, submete-se uma certa população de cobaias a doses crescentes do tóxico. Quando a metade da população morre, supõe-se que este é o limite de letalidade. Assim, uma LD^{50} de 8 significa que 8 miligramas de um veneno por quilo de peso de cobaia viva foram necessários para começar a matar as pobres criaturas. Milhões de animais são torturados à morte todos os anos nos laboratórios da indústria. Nesta visão, um agrotóxico LD^{50} 10 é cem vezes mais perigoso que um outro com LD^{50} 1.000. Trata-se, mais uma vez, de raciocínio extremamente reducionista. Um argumento muito usado pelos defensores dos agrotóxicos é a afirmação de Paracelsus de que veneno é questão de dose. Gostam de apresentar o exemplo do sal de cozinha. Um pouco de sal é indispensável à saúde, mas se eu comer 100 gramas de sal, morro de desidratação. O mesmo raciocínio se aplica à água. Ela é indispensável à vida, mas poderemos morrer afogados. De fato, este raciocínio é válido sempre que ele for aplicado a substâncias que normalmente fazem parte dos processos metabólicos dos seres vivos: sal, água, ácido clorídrico, amônia, ácido sulfúrico e outros nitratos, ureia etc. Mas este raciocínio não se aplica a biocidas, quer eles sejam artificiais ou naturais. O veneno da cascavel sempre faz mal, por pequena que seja a dose. Se a dose for muito pequena, o estrago pode ser pequeno e superável, mas não deixa de ser um estrago.

Uma alfinetada causa um estrago muito pequeno, não se compara com um golpe de adaga, mas não deixa de ser um estrago. E o que acontece quando levamos diariamente uma nova alfinetada, especialmente se for sempre no mesmo lugar? A coisa poderá tornar-se muito grave. Mais um detalhe: de uma alfinetada no traseiro, podemos rir; no olho, é outra coisa. Assim, o LD^{50} não leva em conta os efeitos crônicos. O que acontece após anos de ingestão diária de quantidades muito pequenas de um determinado veneno? Como ficam o fígado, o sistema renal, o sistema imunológico e outros?

Propor uma ingestão diária admissível para venenos como os agrotóxicos clorados, fosforados, os carbamatos, os mercuriais, as triazinas, os derivados do ácido fenociacético já passa de temeridade – é cinismo. Mas tem sentido para a indústria química. É uma espécie de seguro para eles, não para nós, agricultores e consumidores. Nas concentrações propostas, torna-se impossível provar a relação causa--efeito. Se eu atropelar alguém com meu carro, não resta dúvida sobre quem causou os ferimentos, só se discutirá se houve dolo ou culpa ou se, talvez, foi impossível evitar o acidente por descuido do próprio pedestre. Entretanto, se alguém estiver morrendo de câncer porque ingeriu durante anos quantidades muito pequenas de uma substância cancerígena, ou quando outro sofre de doença infecciosa porque está com o sistema imunológico destruído por carbamatos, torna--se impossível provar que a culpa é do respectivo agrotóxico. Os altos executivos da indústria química dormem tranquilos. Nos casos em que se verificam resíduos acima das doses supostamente aceitáveis, eles sempre põem a culpa no agricultor, alegam "mau uso". Ou então, simplesmente se elevam os "índices aceitáveis". Esta política tem sido muito comum na Europa e nos Estados Unidos.

Além de não levar em conta os efeitos crônicos da ingestão contínua de pequenas doses, a LD^{50} não leva em conta os efeitos sinergísticos, isto é, os efeitos de interação dos venenos uns com os outros. Os testes de determinação da LD^{50} são feitos para uma substância por vez. Mas o organismo humano, no mundo em que vivemos, se vê confrontado diariamente com substâncias as mais diversas ao mesmo tempo. Temos uma infinidade de formas de poluição – do ar, da água, dos alimentos, dos objetos que tocamos, até das roupas. É sabido que, quando mais de um veneno age ao mesmo tempo, o efeito é muitas vezes superior do que a simples soma dos efeitos de cada um. Quase sempre venenos se potenciam mutuamente. Digamos que o veneno A tem um efeito 5 e o veneno B tem efeito 6. Ambos juntos poderão ter não um efeito 5+6=11, mas 5x6=30. E se forem muitos venenos? A ADI não considera este aspecto.

Também não considera os efeitos genéticos, isto é, os efeitos mutagênicos, cancerígenos e teratogênicos. É sabido que estes efeitos são desencadeados a nível molecular. Uma só molécula de substância cancerígena, um só fóton de radiação ionizante, um só vírus pode desencadear o câncer ou a mutação. Portanto, a ADI para substâncias suspeitas de poderem desencadear efeitos genéticos deveria ser zero. Mas a indústria química apresenta a ADI até para a Dioxina, o superveneno, o veneno mais absurdo que o homem já produziu, e que estava presente no agente laranja. Jornalistas japoneses me mostraram fotos de crianças nascidas com deformações indescritíveis no Vietnã. Continuam nascendo. As deformações são mais horríveis que as da Talidomida. Aliás, a Talidomida deve ter uma LD_{50} acima de 1.000. Dentro dos conceitos da agroquímica, seria menos perigosa que o sal de cozinha.

Quanto aos efeitos ecológicos dos agrotóxicos, na maioria dos casos só se fica sabendo depois dos estragos. Os efeitos cumulativos dos clorados, especialmente do DDT, só se tornaram conhecidos depois que biólogos atentos constataram os desastres. Quando Rachel Carson escreveu seu livro *Primavera Silenciosa*, chamando atenção para os problemas ecológicos dos venenos aplicados na agricultura, ela foi violentamente vilipendiada e insultada pela indústria.

Isto nos leva a mais um aspecto importante de toda esta loucura. A indústria química, e não só no campo dos agrotóxicos, insiste em que tem direito de introduzir no ambiente qualquer substância que ela desenvolve, enquanto não for provado que há perigo. Mas, esta prova, ela não procura encontrá-la. Ao contrário, inicialmente ela combate os que a procuram. Deveria ser exatamente o contrário. Enquanto houver um resquício de dúvida sobre possíveis perigos, a substância não deveria ser introduzida no ambiente. Em vez de continuar fazendo bons negócios enquanto a sociedade não provar os perigos, a indústria deveria ser obrigada a provar que não há perigo, antes de obter permissão para vender.

Na prática agrícola, no campo, o que hoje acontece é um dos maiores escândalos da Sociedade Industrial Moderna. Nunca tantos venenos, venenos tão fulminantes alguns, tão persistentes outros, ou fulminantes e persistentes ao mesmo tempo, foram colocados em mãos de tanta gente tão despreparada para lidar com eles.

A grande maioria dos agricultores não tinha e continua não tendo noção dos perigos que enfrenta com os agrotóxicos. Especialmente grave é a situação dos boias-frias nos latifúndios, cuja única alternativa, em geral, não passa da escolha entre morrer de fome ou morrer envenenado.

A indústria costuma defender-se com o argumento do "uso adequado" ou "correto" e insiste em que todos os problemas que se constatam devem-se sempre ao "mau uso". A culpa está sempre com a vítima. Quando os problemas se agravam e se multiplicam, ela, às vezes, promove cursinhos ou campanhas de "uso correto dos defensivos". Para isso procura sempre envolver a administração pública – Agricultura ou Saúde – para descarregar a responsabilidade e parte dos custos. Mas ela continua manipulando o agricultor, também as donas de casa, no caso dos venenos contra baratas, com publicidade insidiosa e deformativa, que não alerta para os perigos e promove uso desnecessário e até prejudicial. Jamais ela esclarece sobre as alternativas não tóxicas. Muito ao contrário, ela combate os que promovem a agricultura orgânica.

Quando a sociedade se defende, prepara legislação, insiste na obrigatoriedade de receita assinada por agrônomo não vinculado com a indústria química, esta combate abertamente as medidas. Assim, quando o parlamento estadual do Rio Grande do Sul aprovou unanimemente uma lei estadual de controle dos venenos, a indústria entrou na Justiça estadual. Perdeu e foi ao Tribunal Supremo, para arguir de inconstitucionalidade das leis estaduais, que já são 14. Ela conseguiu pressionar o governo anterior a apresentar no Congresso um projeto de lei federal que esvaziaria as leis estaduais. Felizmente, o novo Governo já retirou o projeto, que não chegou a ser votado, pois foi bloqueado por alguns deputados conscientes. Agora, já iniciou pressão sobre o novo Ministro da Agricultura para que prepare projeto de lei favorável a ela.

Não somente os agricultores são mantidos na ignorância e tornam-se assim as primeiras vítimas. Os médicos que tratam as vítimas são mantidos na ignorância quanto aos aspectos toxicológicos dos novos produtos, dados que só a indústria conhece e que, como vimos, ela própria só pode conhecer parcialmente, uma vez que os testes toxicológicos são conduzidos com enfoque reducionista, um veneno por vez. Não levam em conta a complexidade e envolvência da situação real. Por isso, são comuns tratamentos inadequados. O médico confunde os sintomas. Até agora não conheço trabalho eficiente da agroquímica no sentido de informar os médicos quanto aos problemas toxicológicos dos venenos agrícolas.

O processo de democratização e descentralização ora desencadeado neste País, que esperamos venha a ampliar-se, obriga-nos, todos, a conscientizar-nos deste imenso escândalo, para que haja pressão sobre os administradores da coisa pública. Sempre que possível, precisa também ser acionada a Justiça.

A CONSPIRAÇÃO DOS CULTIVARES TRANSGÊNICOS NA AGRICULTURA

> *As mesmas transnacionais que durante décadas condicionaram a agricultura ao uso indiscriminado dos agrotóxicos preparam-se para arrebatar do produtor agrícola um dos últimos fatores do que lhe sobra de autonomia – a semente.*

A genética moderna, ou seja, a biologia molecular, constitui-se em uma das grandes aventuras do espírito humano neste século, tais como a relatividade especial e a geral, a física nuclear e de partículas elementares, à deriva dos continentes. Infelizmente, neste campo, está ocorrendo uma grave perversão. Querem hoje nos fazer crer que a Ciência precisa de patentes para progredir. E assim passou-se a patentear o que nunca se patenteava: seres vivos, partes de seres vivos, processos vitais. Desencadearam até uma corrida para patentear os genes de todo o genoma humano.

Fusão de textos redigidos em fevereiro de 1999, junho de 1999 e junho de 2000, para publicação nos jornais *Gazeta Mercantil, Folha de São Paulo* e *Zero Hora*.

O jovem Einstein, quando desenvolveu as geniais teorias que revolucionaram a Física, ganhava a vida como funcionário do departamento de patentes da Suíça, em Zurique. Sabia, portanto, tudo sobre patentes. Jamais lhe ocorreu, no entanto, patentear suas ideias. Os próprios Crick e Watson, que conjuntamente desvendaram a estrutura helicoidal do DNA, do código genético, não tiveram a presunção de requerer patente para sua descoberta. Eles, como Einstein e tantos outros, se regozijaram, isto sim, com o Prêmio Nobel. O maior inventor da Revolução Industrial, Thomas Edison, que chegou a patentear centenas de *invenções,* nunca se disse cientista. Ele se dizia inventor. Aquele cirurgião brasileiro que *descobriu* que, em certos casos, melhor que transplantar coração é diminuí-lo, retirando uma fatia, nada patenteou, está ensinando sua técnica a centenas de cirurgiões do mundo inteiro. Patentes só se aplicam e se justificam – por tempo limitado – para invenções. Na ciência *descobrimos* os mistérios da natureza. Descoberta não se patenteia. Os genes existem há mais de três bilhões de anos; os processos de transferências de genes de um ser a outro, transportados por bactérias ou vírus, também. Ninguém tem o direito de se avocar posse da Vida, de partes dela ou de processos vitais.

E patentes existem para trancar, não para desenvolver. O que hoje acontece no que inicialmente se chamava – ainda com certa honestidade – engenharia genética e que agora preferem chamar de *life sciences* (ciências da vida), na área da agricultura se constitui na culminação de um processo histórico de desapropriação do agricultor. Não é por nada que as grandes transnacionais dos agrotóxicos nos últimos anos compraram, ao redor do mundo, a quase totalidade das empresas independentes de sementes, e também não é por nada que a Monsanto está processando milhares de agricultores norte-americanos, tendo já conseguido condenar à marginalização algumas centenas deles. As mesmas transnacionais que durante décadas condicionaram a agricultura ao uso indiscriminado dos agrotóxicos preparam-se para arrebatar do produtor agrícola um dos últimos fatores do que lhe sobra de autonomia – a semente. Preparam-se para um monopólio global. O alvo que a Monsanto e outras transnacionais perseguem é chegar a banir todo uso de semente própria por parte do agricultor.

Em nome de um aumento fictício de produtividade, querem nos impor "pacotes", como o da soja *Roundup-ready*. A soja transgênica *patenteada* que agora está sendo introduzida no Estado, resistente ao herbicida da própria Monsanto, obriga o agricultor à "compra casada" – semente mais herbicida –, mesmo que não haja necessidade para tal. Para um futuro próximo já estão preparando algo muito pior – o gene *terminator*, um gene que faz com que a semente colhida pelo agricultor se "suicide" ao ser semeada, tornando desnecessária a patente (bem pior, portanto, do que no caso do milho híbrido, o qual não mantém suas qualidades ao ser ressemeado). Não contentes com isso, já está preparada nova conspiração. Uma vez que o agricultor terá que sempre comprar semente nova, a empresa teria que produzi-la, fazer plantios próprios ou pagar para plantar. Já acharam maneira de fazer o agricultor arcar com este trabalho e ainda pagar por ele. A empresa vende ao agricultor uma droga especial que devolve à semente por ele colhida a capacidade de germinar. Que lindo: o agricultor paga mais caro pela semente suicida, depois paga para que ela não se suicide. Solene cinismo!

E o que tem isso a ver com resolver o problema da fome no mundo? Nada. Tem a ver apenas, justamente, com criação de estruturas de poder, de dependência! Se na Índia centenas de milhares de agricultores estão fazendo demonstrações contra a introdução dos transgênicos – pessoalmente, em Bangalore, no ano de 1993, assisti a uma demonstração de meio milhão de agricultores –, é porque sabem que este tipo de tecnologia se dirige contra eles, só favorece o *agribusiness* (o complexo agroindustrial; nem tanto o grande agricultor). A chamada Revolução Verde, pela qual se introduziu o uso maciço de adubos sintéticos e agrotóxicos na agricultura, marginalizou centenas de milhões de camponeses no mundo – um custo social que nunca é contabilizado quando se fala das "vantagens" da agricultura moderna.

O que a grande tecnocracia pretende, e para isso usa os mecanismos de globalização, o Fundo Monetário Internacional e a Organização Mundial do Comércio, é deixar sobreviver apenas as grandes monoculturas comerciais que dependem totalmente de seus insumos, cada vez mais caros, e que têm que entregar seus produtos a preços sempre mais manipulados. Quanto aos pequenos, só deixarão sobreviver aqueles que se atrelarem diretamente à indústria (*contract farming*), como no cultivo do fumo, na fruticultura e plantação de legumes para fábricas de conservas, nos campos de concentração de aves, nas fábricas de ovos e nos calabouços de porcos. O produtor fica com a ilusão de ser empresário autônomo, mas não passa de operário sem carteira, que tem que envolver toda a família como mão de obra gratuita, sem horário de trabalho definido, sem domingo, feriado ou férias, e sem previdência social. É de estranhar que o INSS não se ocupe desta burla.

Se permitirmos o primeiro passo desta conspiração, que se inicia agora, com a introdução forçada dos cultivares transgênicos, os passos subsequentes serão automáticos – crédito bancário só para sementes "certificadas"; mais adiante, proibição de toda semente ainda livre. Na Alemanha já estão punindo agricultores que apenas trocaram sementes com o vizinho. Em comunicação interna de uma das transnacionais, ela conta como está processando milhares de agricultores norte-americanos e punindo centenas deles por reproduzirem sementes transgênicas sem permissão. Os castigos são a destruição total da lavoura, mais multas de dezenas de milhares de dólares. O agricultor acaba entregando a propriedade ao banco. Nestes documentos, a expressão *seed saver* (economizador de semente) é usada em sentido profundamente pejorativo.

O alvo daquilo que fazem as transnacionais na manipulação genética de cultivares agrícolas também não tem nada a ver com promoção da Ciência. É apenas um passo a mais na estruturação de infraestruturas tecno-ditatoriais globais. Infelizmente, o governo federal no Brasil submete-se docilmemte aos interesses imediatistas do grande poder tecnocrático sem pátria. O Ministro da Saúde chegou a multiplicar por cem o limite permitido de resíduo de glifosato na soja, para acomodar os interesses dos donos da soja *Roundup-Ready*...!!!

Por favor, jovens agrônomos, pesquisadores, extensionistas, estudantes de agronomia: observem atentamente o que está acontecendo, conscientizem-se de sua obrigação moral para com o agricultor, com o consumidor, com as gerações futuras. Não se deixem atrelar no carro desta insidiosa conspiração. Procurem aprofundar-se na Ciência, procurem entender o que realmente já sabemos do grande mistério que é o processo vital. Verão que, em genética molecular, ainda sabemos muito pouco. Mal sabemos como a sequência dos nucleótideos, em seu alfabeto de quatro letras, ao longo dos genes alinhados no cromossoma, codifica a sequência de aminoácidos na síntese das proteínas, e praticamente *nada* sabemos sobre como está predeterminado o estruturamento tridimensional das proteínas. Não sabemos se este processo está codificado no DNA ou se existe outro mecanismo misterioso que faz com que, ao estruturar-se, a molécula da proteína se enrole de uma determinada maneira e não de outra, entre milhares ou milhões de maneiras possíveis. Entre o genoma do chimpanzé e o nosso, num total de uns cem mil genes, apenas um e meio por cento são diferentes. Mas que diferença! Alguns vermes primitivos (nematoides) chegam a ter setenta por cento dos genes que nós também temos. Certamente, isto não os faz setenta por cento humanos... Menciono estes fatos para sublinhar a profundidade de nossa ignorância. Onde ficam a reverência, o respeito, a humildade? *Onde fica o princípio da precaução?*

A manipulação que hoje se faz para obter cultivares que permitem grandes faturamentos a transnacionais dificilmente mereceria ser chamada de Ciência. É trabalho empírico, trabalho de elefante em casa de vidro, como eram os trabalhos que as mesmas empresas, na época ainda menores, faziam na procura de sempre novos venenos para seus agrotóxicos. Não sabem hoje, como não sabiam então, quantos estragos estão causando.

Claro que existe campo para muita pesquisa profunda em biotecnologia. Muita coisa muito boa poderá surgir de pesquisa abnegada, realmente científica. Quando um caranguejo ou uma salamandra perdem um membro, ele recresce. As células de nosso corpo têm a informação necessária para fazer o mesmo. Quem sabe, aprenderemos a ativá-la. Se aprendermos a fazer recrescer ou que voltem a emendar-se nervos decepados, que alegria para paraplégicos! Só que para isso não necessitamos de patentes.

Nada, portanto, contra a biotecnologia. Mas sua orientação não pode ser apenas comercial. Terá de ser realmente científica e humana.

UMA PROPOSTA PARA EXPLORAÇÃO MADEIREIRA SUSTENTÁVEL

> *Até os propugnadores de uma exploração desenfreada da Amazônia hoje reconhecem que não tem sentido derrubar floresta tropical úmida para criar boi.*
> *Mas o Brasil poderia, de maneira sustentável e socialmente desejável, sem corrupção, transformar-se no maior produtor de madeira tropical do mundo, dando com isso uma contribuição de inestimável valor ecológico a todo o Planeta.*

Numa empresa, quando se fazem investimentos em equipamentos que se desgastam com o uso, tais como veículos, máquinas e ferramentas, a contabilidade leva em conta uma amortização. O valor do equipamento aparece reduzido com os anos. A cada ano, a empresa deduz dos lucros uma soma equivalente ao custo inicial do equipamento dividido pelo número de anos que se supõe seja a sua vida útil. O empresário sábio põe em reserva este dinheiro, para que possa adquirir equipamento novo quando o velho não mais prestar.

Texto redigido em dezembro de 1992.

Existem, no entanto, investimentos em itens que não se degradam, e mesmo itens que valorizam com o tempo. É o caso de uma árvore de madeira nobre. Ela começa como semente e é abatida como tronco quando tiver dezenas, centenas ou mesmo milhares de anos.

Nos enormes plantios de eucalipto ou pinus das grandes fábricas de celulose no Brasil, que hoje são plantados mesmo sem incentivo fiscal ou subsídio, porque é bom negócio plantar árvores que produzem até 60 toneladas/hectare/ano de biomassa aproveitável, a contabilidade nas empresas não leva explicitamente em conta a *plusvalia* durante o crescimento, que costuma durar de sete a nove anos. O que importa é o faturamento na venda de celulose ou do papel elaborado. Uma vez que estes empreendimentos são muito grandes e têm dúzias ou centenas de talhões, eles estão sempre plantando e colhendo, o que se abate vem a ser uma média do aumento de valor, um desfrute. É como o juro de um capital investido. Ao contrário do que acontecia na fase da rapina dos grandes pinhais de araucária no sul do País, quando se abatiam árvores com idades que iam até centenas de anos, com fantástico esbanjamento de madeira, hoje, em nosso país, todas as fábricas de celulose (e também algumas outras que necessitam de lenha para fornalhas ou de casca para produção de tanino) trabalham com madeiras plantadas pela empresa, não necessitando de subsídios, e o esbanjamento é o mínimo inevitável.

Um horizonte de até dez anos é perfeitamente administrável numa empresa. Em certos países da

Europa central e do norte, entretanto, existem explorações sustentáveis de plantios florestais nos quais as árvores levam sessenta, oitenta e mesmo mais de cem anos até serem abatidas. Nestes casos, os bosques costumam ser estatais e as fábricas, ou os madeireiros, recebem concessões, comprometendo-se a replantar na mesma medida em que colhem. Mas é comum também proprietários de terra e mesmo camponeses plantarem para seus netos e bisnetos, um tipo de responsabilidade social praticamente inexistente entre nós.

Uma vez, era na década de 50, eu me encontrava trabalhando num bosque alemão, no Palatinado, cuidando de plantios jovens de pinheiros. Ao meu lado um estagiário egípcio exclama: "Mas vocês alemães são engraçados, estão aqui plantando o que só os tataranetos vão colher!". Retruquei: "É isso mesmo, e observa que aquilo que nós estamos derrubando foram nossos tataravós que plantaram para nós...!".

Sem esta preocupação pelos descendentes, a exploração de madeira tropical na Amazônia, nos cerradões e no que sobra nos tristes restos de Mata Atlântica é totalmente predatória. Os pequenos exemplos de plantios sustentáveis são tão insignificantes que não merecem menção. Em todas as florestas tropicais do Planeta, tanto de clima úmido como seco, na Indochina, Malásia, Filipinas, Indonésia, Nova Guiné e na África, o triste espetáculo é o mesmo. Começa agora a rapina acelerada na grande Taiga da Sibéria. Na América do Norte, na região da Costa do Pacífico, nos estados Oregon, Washington, Alaska e na Colúmbia

Britânica, com suas árvores que vão até 150 metros de altura e 2 mil e 500 anos de idade, a obliteração total dos bosques temperados úmidos aproxima-se a passos largos. O apagamento do ecossistema é total, o reflorestamento é feito com espécies exóticas de crescimento rápido, em monoculturas.

Não há, portanto, necessidade de apelarmos para a problemática do efeito estufa para sublinhar a necessidade de recuperar florestas e reflorestar maciçamente. Mas como conseguir que sejam plantadas, e em grande escala, árvores que não estão "prontas" em menos de uma dúzia de anos? Árvores que precisam de 30 a 50 anos, pelo menos, para desenvolver-se?

Lugar não falta. Só na Amazônia temos hoje um total de aproximadamente 400 mil quilômetros quadrados de terras já deflorestadas, uma área do tamanho da Espanha. Grande parte dessa área está abandonada. Ainda bem. Ali agora se recupera floresta nativa, desde que não haja logo novas derrubadas e queimadas. No resto vivem pequenos agricultores e ficam as grandes fazendas de gado. Os pequenos agricultores, na situação que hoje predomina, só conseguem sobreviver com os métodos primitivos da coivara, isto é, todos os anos se veem obrigados a derrubar mais um pedaço de floresta. Os solos são tremendamente pobres. Depois da queimada, as enxurradas carregam até as cinzas. Após um ou dois anos, nada mais conseguem colher, e então fazem nova coivara no que sobra de bosque. Está desencadeado um processo irreversível de destruição que, se não for freado, em algumas décadas levará à destruição total da floresta. Ainda mais porque no Brasil perdura a marginalização de milhões de pessoas no campo, pelo latifúndio e pelo modelo econômico concentrador, e estas pessoas ou terminam nas favelas ou se aprofundam nas últimas selvas.

Nas fazendas de gado a situação é parecida. Os pastos se degradam rapidamente, e os fazendeiros, para continuar criando gado, derrubam sempre mais mata virgem. Tanto para os pequenos agricultores, em geral migrantes, quanto para os fazendeiros a produtividade é ridiculamente baixa. Nas pequenas lavouras dos colonos, sempre entulhadas de troncos carbonizados, sem possibilidade de usar sequer instrumentos simples como cultivadores e outros, nem mesmo de tração animal, a produção é insignificante, mal serve para o autossustento. Quando há alguns excedentes, a falta de estradas ou o mau estado das vias existentes em geral impede a comercialização. Os colonos empobrecem sempre mais. Por isso, a maioria é migrante, sucessivamente abandonam suas terras e se adentram sempre mais na selva remanescente.

Os "pecuaristas" só lucram pelo tamanho das fazendas, que vão até dezenas de milhares de hectares, pois a produtividade por área de pasto é absurdamente baixa. A floresta intacta produzia muito mais alimento e podia abrigar mais gente que os tristes e insustentáveis "pastos". No início, a produção mal chega aos cinquenta quilos de carne por hectare/ano, decaindo logo com a sucessiva degradação do solo. O pasto, que tende a transformar-se em matagal arbustivo, com plantas que o gado não aceita, é mantido a fogo ou com herbicidas, tais como o malfadado 2,4,5-T, que pode trazer como impureza a terrível dioxina ou pode produzi-la quando a vegetação morta é queimada. Uma situação totalmente antiecológica e também antissocial. Estas grandes fazendas mal propiciam emprego, pois em geral um vaqueiro atende a vários milhares de rezes, ou seja, outro tanto em número de hectares. Depois da derrubada para fazer pasto costuma haver menos gente na área do que antes. Era contra isso que lutava Chico Mendes. Compare-se esta tristeza com a produtividade de um camponês orgânico do norte da Europa que, apesar de um inverno inclemente de até quatro meses, chega a 400 e mesmo 600 quilos de carne por hectare/ano, e sempre produz na mesma terra mais uns três ou quatro mil litros de leite. Refiro-me aos agricultores orgânicos que alimentam seus animais apenas com os recursos de seu próprio solo, sem compra de forragem ou alimento concentrado importado. Por isso, até os propugnadores de uma exploração desenfreada da Amazônia hoje reconhecem que não tem sentido derrubar floresta tropical úmida para criar boi.

Um florestamento bem pensado, honestamente administrado e financiado, poderá com certeza alterar profundamente esta situação em termos sociais, econômicos e ecológicos. Mas devemos aprender com a experiência, para evitar erros passados que foram muito graves. Os incentivos fiscais para "reflorestamento", como praticados no Brasil no passado, beneficiaram quase que exclusivamente gente e empresas grandes que não necessitavam de nenhuma ajuda estatal, promoveram apenas o plantio de essências florestais de crescimento rápido como eucalipto, acácia e pinus e contribuíram para a ocorrência de danos ecológicos graves. Beneficiaram-se fábricas de celulose, de tanino, siderurgias e outras grandes empresas, que não necessitavam de subsídios para plantar, e lucraram os grandes consórcios de gente que queria economizar imposto. Empreendimentos pequenos, em pequenas propriedades, foram deliberadamente excluídos. Pela regulamentação do governo, só tinham direito a incentivo áreas com mais de mil hectares de florestamento. Após muita luta por parte dos ambientalistas, no Rio Grande do Sul o limite foi reduzido para duzentos hectares. Mas qual o colono que podia plantar duzentos hectares quando as propriedades mal passam de vinte hectares? Entretanto, dezenas de milhares de colonos e pequenos proprietários plantaram talhões de poucos hectares ou frações de hectare sem subsídio algum!

Como dizíamos no início deste trabalho, é bom negócio plantar lavouras de eucalipto, acácia ou pinus. É como dinheiro no banco, com correção automática, mas há outra grande vantagem: o agricultor reservava para esta finalidade as suas piores terras. Plantava na lavoura esgotada, na vossoroca, na encosta muito íngreme. Assim, o trabalho do pequeno resultava ecológica e socialmente valioso, acrescentava diversidade à paisagem, pois eram milhares de talhões não contíguos, e recuperava solos. Sem nada pedir ao governo!

Já os grandes, e principalmente os muito grandes, chegavam a causar enormes estragos. Para fazer plantios contíguos de milhares e mesmo dezenas e, em alguns casos, centenas de milhares de hectares, iam às últimas selvas, derrubavam floresta, cerrado, drenavam banhados, destruíam paisagens de dunas. Uma gigantesca simplificação da paisagem, com violentos estragos biológicos. Florestas antes não ameaçadas, especialmente na Mata Atlântica, foram devastadas e substituídas por plantios homogêneos.

Hoje, algumas das grandes fábricas de celulose, como Riocell, Klabin e Aracruz, talvez algumas outras cujos plantios ainda não conheço, têm esquemas florestais ecologicamente excelentes e que poderiam servir de modelo para outros tipos de florestamento, no Brasil e no Mundo, como os que queremos propor para *ecossistemas já devastados*, na Amazônia e outros. Os grandes plantios das empresas citadas estão entremeados de floresta ou outros ecossistemas naturais intactos ou em recuperação, abrangendo até trinta por cento da área total. Em geral, trata-se das bacias dos rios e córregos ou banhados, ecossistemas de afloramento rochoso etc. Fica assim protegido o regime hídrico e está preservada a diversidade biológica.

Fora os raros casos de empresas que realmente usaram o subsídio para plantar e gerar esquemas florestais ecologicamente sustentáveis de alta produtividade, o que houve foi uma gigantesca corrupção. Muitos dos que se beneficiaram do incentivo fiscal plantavam com custo muito inferior ao valor concedido para desconto no imposto, passando depois a desinteressar-se dos plantios. Muitos limitaram-se a fingir que plantavam... Isto foi muito comum no sul do País, e coisas piores aconteceram no centro e no nordeste. Não conheço até agora punição nestes casos. Como Secretário de Meio Ambiente, em Brasília, tentei movimentar o IBAMA para levantar esta questão e buscar punições – em vão.

Mas o Brasil poderia, de maneira sustentável e socialmente desejável, sem corrupção, transformar-se no maior produtor de madeira tropical do mundo, dando com isso uma contribuição de inestimável valor ecológico a todo o Planeta. Pude observar pessoalmente que em áreas de solos férteis, como nas várzeas do Solimões e do Amazonas, onde a inundação anual traz minerais dos Andes, um tronco de um a dois metros de diâmetro pode estar pronto em apenas 30 a 50 anos. Conheci pequenos madeireiros que estavam cortando pela segunda vez em áreas onde haviam começado a trabalhar quando jovens. Nas terras altas da Amazônia e nos cerradões, a menos que os solos estejam totalmente degradados, um pouco de ajuda com adubos minerais insolúveis e baratos poderia dar o mesmo efeito. Basta repensar alguns dogmas da agronomia moderna.

É claro que mesmo um jovem de 20 anos, a não ser que seja muito idealista –, e os idealistas, infelizmente, são a grande exceção – não plantará um mogno ou fará plantação de mognos, cerejeiras ou cedros para colher e vender aos 70 anos de idade. Muito menos se pode esperar que pessoas mais velhas o façam. As empresas não costumam ter horizontes muito além de dez anos. Os políticos, nem pensar! Entretanto, é possível conceber esquemas de financiamento que tornem isso viável.

Vejamos: um mogno, hoje a madeira mais desejada e que mais rapidamente se aproxima de sua extinção na Amazônia, se não encontrarmos meios de frear o vale-tudo, o *free for all* de sua exploração, vale, de pé, na floresta, entre quinhentos e mil dólares. Por isso os madeireiros abrem picadas horríveis, trilhas de devastação indescritível, com máquinas pesadíssimas, para chegar a mognos que estão centenas de metros ou mesmo milhares de metros distantes uns dos outros. Com isso rasgam a floresta, abrindo-a para toda sorte de novas invasões e devastações. Para efeito de simplicidade de cálculo, digamos que vale mil dólares e que leva cinquenta anos para chegar ao calibre desejado. Na realidade pode valer mais e estar pronto em apenas trinta anos. Digamos agora que, com meus 66 anos, eu plantasse um lote de cem mognos. O plantio seria feito dentro de um esquema fiscalizado por entidade séria, como por exemplo a FAO ou outras instituições de credibilidade pública. As árvores poderiam estar em pequenas ou médias monoculturas, ou cultivos consorciados, entremeadas com bosques secundários ou primários, lavouras, pastos, pomares, outros plantios arbóreos; ou – melhor – as árvores seriam plantadas dentro da mata secundária em recuperação natural. Quando as árvores tivessem cinco anos e eu 71, seu valor teórico seria cem dólares cada uma. Se não houvesse perda, o lote valeria, teoricamente, dez mil dólares. Se, então, uma instituição financeira, pequena ou grande, nacional ou multilateral, me avançasse os dez mil dólares, ela ficaria com dez por cento da propriedade da plantação e eu com noventa. Se eu viver até os 76, seriam 20% e 80%, respectivamente. Caso eu vier a morrer, digamos, aos 81, poderiam meus filhos herdar ainda 70%, enquanto o banco já seria dono de 30%. Claro que haveria seguro contra tempestades e outros imprevistos, os cálculos incluiriam, entre outros fatores, os custos administrativos. Os pagamentos também poderiam ser anuais ou bianuais, aí multiplicam-se as possibilidades. É um grande campo para financistas elaborarem esquemas e abrirem todo um novo mercado para investimentos.

Num esquema assim, tanto jovens como velhos teriam interesse econômico em plantar árvores de ciclo longo. As instituições financeiras estariam garantidas, como estão com hipotecas sobre imóveis. Detalhe interessante para a instituição financeira: o dinheiro não precisa estar imobilizado por muito tempo. Em primeiro lugar, os desembolsos são pequenos e parciais. Enquanto cresce o capital, ele sempre tem contrapartida concreta, porque as árvores crescem junto. Os títulos poderiam ser levados ao mercado a termo de mercadorias *(commodities market)*. Seria um investimento mais tranquilo que o de metais e outros itens que costumam ter flutuações violentas. Uma vez que as outras florestas tropicais, na África e no Extremo Oriente, se aproximam rapidamente do ponto em que não mais poderá haver exportação de madeira para o Primeiro Mundo, madeiras como o mogno e outras terão seu valor incrementado de ano para ano, e tanto o especulador como o plantador participariam, em suas respectivas parcelas, do acréscimo de valor, além do crescimento vegetativo. Um produtor financeiramente forte poderia até recomprar, no mercado, o equivalente das parcelas já vendidas, para reconstituir capital. A flexibilidade dos esquemas dependeria apenas da imaginação dos financistas, de mãos dadas com os engenheiros florestais.

Teríamos assim um mecanismo que é o contrário daquilo que se faz com a amortização de equipamentos perecíveis. Em vez de retenção para futura reposição do que se gastou, haveria usufruto do que já cresceu, com reinvestimento automático caso não fosse usado. As vantagens seriam coletivas. Para um pequeno proprietário agrícola no sul e centro do País, por exemplo, seria tão interessante plantar árvores de ciclo longo como plantar eucalipto, pinus ou acácia. O pequeno agricultor na Amazônia, que hoje nem pensa em plantar sequer eucalipto, teria motivo para deixar de ser migrante. Estariam todos, grandes e pequenos, construindo capital que rende altos juros e que tem correção automática acima de qualquer taxa de inflação. Além de construir capital para si, estariam construindo capital ecológico para o Planeta. Poderiam participar bancos grandes ou pequenos, locais, regionais ou multilaterais. Se chegarem a realizar-se as ajudas financeiras de países do "Primeiro Mundo" ao "Terceiro", teríamos uma excelente oportunidade de ajuda e cooperação mútua sem os estragos sociais que seriam de temer sempre que se movimenta dinheiro muito grande. Poderiam ser reconstituídas as florestas dos *Chipko* na Índia, dos *Penang* em Saravak, dos *Caiapós* e outros povos na América do Sul. E que fantástica ajuda poderia ter *Wangara Maathai*, no Kenya, com extensão a toda a África. Os bancos locais teriam condições de atender os pequenos. O Banco do Brasil, por exemplo, teria condições de atender créditos de até quinhentos dólares apenas, repassando talvez dinheiro do Banco Mundial e outros. Portanto, desta vez o reflorestamento não estaria limitado somente aos grandes, o maior erro que se cometeu no incentivo ao reflorestamento no passado recente no Brasil.

Aspecto de extrema importância neste tipo de esquema é que poderia e deveria ser completamente excluída a participação de governos, a não ser na necessária regulamentação legal. Seria um negócio sério, sem subsídios nem incentivos, sem a costumeira politicagem e corrupção.

A Moderna Sociedade Industrial se encontra hoje num novo limiar. A insistência na megatecnologia concentradora, como no caso das grandes barragens, não faz mais sentido. Temos que partir para esquemas que respeitem, em todos os sentidos, os ecossistemas locais, com ênfase em projetos de preferência pequenos ou médios, sempre com participação das populações locais e sem destruição das culturas locais.

Os gigantescos capitais que estão constantemente à procura de investimento – fantásticas somas flutuantes, grande parte das quais já não têm mais ligação com fatores ou lastros concretos, saltando de bolsa em bolsa, de especulação em especulação – bem que poderiam fixar-se de maneira realmente produtiva e segura, disseminando-se, pelo menos em parte, em trabalho de reconstrução natural e social. Estaria bastante diminuído o eventual perigo de colapso financeiro que hoje se apresenta como séria ameaça no horizonte. Em seu lugar estaria crescendo gigantesco fator de estabilidade global.

Estaria desencadeado um dos processos mais importantes para a reviravolta que nossa atual civilização industrial necessita para tornar-se realmente sustentável, e sem a qual não sobreviverá.

PANORAMA DO DESUSO DO SOLO NO BRASIL

> *O conquistador não tinha a mínima intenção de aqui fundar nova civilização, muito menos de aprender com as culturas existentes. O que ele procurava era a riqueza imediata. Conceitos como harmonia paisagística, desde séculos arraigados na Europa Central, eram inconcebíveis na cabeça do saqueador. Se até hoje muita beleza e harmonia sobram em algumas de nossas paisagens, isto certamente não foi intencional. Foi por incapacidade de destruição ou desleixo de saque.*

A GRANDE DEMOLIÇÃO

Durante, talvez, uns trinta mil anos, antes da chegada do conquistador a estas praias, floresceram no Continente Sul-Americano algumas centenas de culturas indígenas. Culturas as mais variadas. Num extremo, as culturas silvícolas de caçadores coletadores. No outro, as complexas culturas dos Andes, com seus fantásticos monumentos de pedra e uma agricultura camponesa altamente produtiva, diversificada e estável. Todas estas culturas haviam alcançado situações de acomodação harmoniosa com a Natureza. Esta harmonia poderia ter continuado indefinidamente. Evolução orgânica e cultura humana, entrosadas, poderiam ter continuado por milhões de anos, em constante desdobramento e aprimoramento.

Mas o colonizador trouxe consigo uma terrível doença mental contagiosa, até então desconhecida nestas paragens – a visão antropocêntrica do mundo, isto é, a dessacralização da Natureza, característica da cultura ocidental. A variedade desta doença mental que aqui se estabeleceu era das mais ferozes, era o rapinismo puro e simples, simplório.

Nesta visão, tudo o que se encontra pela frente existe apenas para ser pilhado, saqueado, sempre da maneira mais imediatista possível. Só resta lugar para trabalho sério ou sistemático ali onde não se vê oportunidade para saque direto. O conquistador que para cá veio não tinha a mínima intenção de aqui fundar nova civilização, muito menos de aprender com as culturas existentes. A estas sequer concedia cultura. O que ele procurava era a riqueza imediata: ouro, diamantes e pedras preciosas, peles, pau-brasil e especiarias.

Não existindo, naquela época, as facilidades de transporte que atualmente permitem ao capital internacional (e ao capital crioulo também) saquear milhões de hectares de terra amazônica, ao mesmo tempo em que saqueia outras partes do mundo, sem ter residência em nenhuma delas, os saqueadores de então tiveram que estabelecer-se. Mas, sendo a sua filosofia o que era, eles não tiveram a intenção de criar uma sã cultura camponesa, como a que então existia na Europa. Para eles a função do campo não era a de produzir alimento, primordialmente, mas produzir dinheiro, ampliar poder. Daí que, desde o início, estabeleceu-se a grande monocultura de exportação, a cana, o café, o cacau. Toda terra apta para estes fins era dominada pelos poderosos. O poderoso precisava de escravos, inicialmente, depois, de marginalizados que se sujeitassem ao regime de "boia-fria", como dizemos hoje, de trabalho sazonal com salários de fome e sem garantias sociais de qualquer espécie.

O bandeirante, mais tarde, não foi diferente. Festejamos hoje sua ousadia, sua coragem e seu pioneirismo. Mas o bandeirante não era pioneiro. Ela não tinha nenhuma intenção de ir ao interior para ali fixar-se e criar nova cultura, como fazia o pioneiro americano. Sua intenção era voltar rico com o produto do saque fácil. Neste processo ele destruía as culturas indígenas que encontrava pelo caminho, massacrando, violando, escravizando o que podia. Atrás de si deixava a devastação e a marginalização.

O poderoso só permitia nas terras marginais, naquelas que jamais deveriam ser lavradas e que não se prestam para a monocultura comercial, um simulacro de agricultura camponesa – o caboclo com sua agricultura de rapina, a coivara nômade. Em quase quinhentos anos, o caboclo não conseguiu transformar-se em camponês. Nunca lhe deram chance. Quando ele, chegando primeiro na selva, conseguia estabelecer-se em terra boa, não tardava o aparecimento do jagunço do grande terratenente, sempre apoiado pela força pública, para afastá-lo, massacrá-lo ou escravizá-lo. Este processo continua ainda hoje nas últimas selvas do Mato Grosso e da Amazônia. O caboclo só conseguia manter sua independência no nomadismo da coivara, ou vivendo quase como índio na selva. Nunca ouve preocupação oficial em ajudar o pequeno, nem em protegê-lo contra as incursões dos grandes.

Enquanto o pequeno não doía ao grande, o grande não se preocupava, pois nada sentia pelo pequeno, e muito menos pela terra, e o Continente lhe parecia infinito. Conceitos como harmonia paisagística, desde séculos arraigados na Europa Central, eram inconcebíveis na cabeça do saqueador. Se até hoje muita beleza e harmonia sobram em algumas de nossas paisagens, em regiões já desbravadas, se sobra muita selva mais ou menos intacta ou em recuperação, isto certamente não foi intencional. Foi por incapacidade de destruição ou desleixo de saque. Selva, Natureza intacta, entre nós, salvo raríssimas exceções, foram sempre consideradas símbolo de atraso. Haja vista como é difícil, ainda hoje, apesar de toda consciência ecológica que já se desenvolve no público, conseguir o interesse oficial pela criação e preservação de parques e reservas biológicas. O Brasil não tem uma reserva biológica que mereça o nome, ou que não esteja gravemente ameaçada.

À medida que surgiam esquemas oficiais de fomento agrícola, estes se dirigiam sempre ao grande, ao dono da monocultura ou da criação extensiva de gado e, mesmo, ao grande saqueador da floresta. Os grandes sempre usufruíram de vantagens inacessíveis ao pequeno. Isenção de impostos; "reajustamento econômico" (eufemismo para simples perdão de dívida); "créditos" com taxas de juro aquém da taxa de inflação, transformando-se assim a inflação no mais injusto dos impostos, imposto que tira do pequeno para dar ao grande; a "indústria da seca" no Nordeste. Mais recentemente, o "reflorestamento", o "trigo-papel" e o "adubo-papel" e um sem-número de esquemas de concentração de riqueza. Aqui no Sul temos até a ridícula "lei do boi", que dá prioridade de acesso às escolas de agronomia aos filhos de fazendeiros.

O pequeno não podia nem crescer sozinho, com seu próprio esforço. Mal conseguia, de alguma forma, estabelecer-se, voltava a marginalizar-se. As palafitas, no mais fétido rincão da baía da Guanabara, estão repletas de nordestinos que para lá emigram, fugindo do "tubarão" que toma conta de todas as terras boas e está sempre apoiado pela "polícia". O barão do açúcar não permite ao pequeno sequer uma lavourinha de subsistência familiar. Entretanto, se observarmos a incrível destreza e engenhosidade desta pobre gente, torna-se fácil imaginar como, deixados a si em suas terras de origem, teriam desenvolvido bela cultura camponesa, adaptada, inclusive, às periódicas secas do Nordeste. O avanço do deserto, a fome e a desestruturação social no Sahel, na África muçulmana, também se devem às novas estruturas de poder e à exploração imediatista.

Durante milênios, os povos que ali viviam souberam conviver com o clima e desenvolveram estilos de vida adaptados às condições locais.

O esquema oficial de fomento agrícola no Brasil nunca se interessou em ajudar o pequeno. Desconheço campanhas envolventes e eficientes de ajuda ao pequeno como as que houve na Europa e nos Estados Unidos, com assessoramento em profundidade para controle de erosão, rotação e diversificação de cultivos, adubação orgânica e adubação verde, integração pecuária-agricultura, maquinária de tração animal ou mecânica e flexível.

Com algumas exceções, pode-se dizer que este posicionamento oficial é geral em toda a América do Sul. Os vestígios de agricultura camponesa de tradição milenar nos Andes que, após séculos de devastação, perseguição e marginalização, conseguiram sobreviver na Colômbia, Equador, Peru, Bolívia e Chile, estão sendo demolidos agora. Até o fantástico acervo de espécies cultivadas destas culturas camponesas começa a perder-se para sempre.

O maior desastre do Continente Sul-Americano e, em especial, do Brasil é não se ter permitido o surgimento e florescimento de culturas camponesas adaptadas aos diferentes ambientes locais. Este desastre é tanto maior quanto não há, sequer, consciência oficial e pública dele. Torna-se até difícil, em nosso meio, discutir o assunto. Pois a palavra "camponês" quase não se usa no vernáculo brasileiro. Quando usada, ela muitas vezes não tem o sentido original, não tem o sentido de *Bauer*, *paysan* ou *farmer*. Assim, não temos em nosso país uma base cultural profunda para uma sã estruturação de uso racional do solo. Nosso campo é hoje um retalho caótico que carece de significado sistêmico.

Só no Sul, por circunstâncias históricas muito especiais, surgiram formas de colonização com intenção camponesa, a colonização alemã, italiana e, em menor escala, polonesa, israelita, francesa, holandesa e até menonita, mais tarde japonesa. Mas, uma vez que as terras aptas para a grande monocultura ou para a pecuária extensiva já tinham dono, o colono foi empurrado para dentro da floresta das encostas mais íngremes. Além disso, a maioria dos primeiros colonos não eram camponeses, eram proletariado urbano, marginalizado pela Revolução Industrial do século XIX na Europa. Esta gente não tinha tradição agrícola. Iniciaram copiando os métodos do caboclo, cultivando o que ele cultivava.

Assim mesmo, deixados a si, em algo mais de cem anos, conseguiram desenvolver uma significativa cultura camponesa autóctone, uma cultura camponesa-artesã de relativo entrosamento ecológico, com grande potencial evolutivo.

Entretanto, no auge do florescimento da Colônia, quando já surgia uma bela *Kulturlandschaft* – termo que não existe na língua brasileira e que significa paisagem antropogênica harmônica, com suas aldeias e cidades entrosadas num retalho agrícola e florestal são e equilibrado, como eram, até muito recentemente, as paisagens da Europa Central –, o poder central do Brasil se assustou e resolveu destruir a cultura da Colônia.

As colônias alemã e italiana, sempre no total desamparo oficial, com seus próprios meios, com sacrifício comunal e individual, chegaram a desenvolver intensa vida comunitária e cultural, com escolas (até escolas de nível superior), clubes e bibliotecas, corais, orquestras, igrejas e seminários próprios. E era com recursos próprios que iam buscar mais cultura e sabedoria camponesa no Velho Continente.

Repentinamente, a Colônia e suas ramificações culturais na cidade foram declaradas "quistos raciais". Aproveitou-se a circunstância da Segunda Guerra Mundial para proibir as línguas vernáculas e desestruturar as escolas e os clubes. Até bibliotecas foram destruídas, não por serem de inimigos do regime, mas, simplesmente, porque eram em idioma arbitrariamente proibido. O indivíduo que, em público, falava o idioma ancestral com seu filho era punido. A fraqueza da Colônia diante do governo central fez com que ela se submetesse docilmente, sem oferecer resistência. A opressão do idioma, veículo da cultura, foi o início da morte do esquema camponês, um dos poucos que surgiram no Brasil. Outras pequenas ilhas de cultura camponesa, que sobreviveram por descuido do latifundiário, sucumbem agora ao jagunço do grileiro e aos esquemas de hipermonocultura.

À destruição da cultura seguiu-se a desestruturação modernista. Hoje, a juventude da Colônia abandona o campo. À medida que os velhos desaparecem, perde-se a tradição e esvai-se a sabedoria ecológica acumulada em mais de cem anos.

A partir de 1964 houve nova ruptura, igualmente grave. A indústria autóctone, já bastante desenvolvida e pujante, que se originara do artesanato e crescera com seus próprios meios, com grande potencial evolutivo, passou a ser relegada a segundo plano, em muitos casos era punida mesmo, em favor da megatecnologia multinacional importada. Ela não mais podia continuar se desenvolvendo organicamente, como se desenvolvera antes a indústria autóctone europeia e americana. O novo esquema industrial é um esquema enxertado, mal enxertado, sem compatibilidade, como é a moderna agricultura empresarial.

O alastramento no Brasil dos postulados básicos da tecnocracia megatecnológica e suas sequelas desencadeou, nos últimos 15 anos, o processo mais destrutivo da paisagem que já se verificou neste continente. Vivemos agora o maior holocausto biológico desde que se iniciou o Processo Vital neste planeta. Em três e meio bilhões de anos de evolução orgânica nunca houve demolição dos sistemas vitais tão envolvente, tão irrecuperável como esta.

Apesar de tudo, a situação até então ainda era relativamente aceitável e oferecia grandes possibilidades de recuperação. O avanço da agricultura de rapina, a monocultura primitiva e o extrativismo sistemático já haviam causado estragos indescritíveis. Desaparecera quase que por completo a grande Floresta de Araucárias no Sul; da Floresta Atlântica só sobravam amostras. Ecossistemas inteiros, muitos deles peculiares e únicos, foram obliterados. Com eles desapareceram milhares de espécies – para sempre. Regiões que poucas décadas antes eram selva intacta passaram a apresentar aspecto que lembra a África do Norte, mas sem o grande acervo cultural daquela região. Até o início da década de 1960 já se havia também alastrado a agricultura tecnificada da monocultura soja-trigo no Sul, e outras, como o algodão, no Centro do País. Em toda parte, sob o manto do "progresso técnico", alastravam-se novas e mais violentas formas de rapina.

Mas o alastramento do pensamento econômico moderno, com sua visão estritamente reducionista, deu impulso antes inimaginável à demolição da Ecosfera. Fixaram-se na agricultura, atingindo desde a hipermonocultura até os mais remotos e precários minifúndios, os métodos da agroquímica, lançados pelos grandes complexos químicos multinacionais, com a conivência ou ignorância dos técnicos independentes, dependentes e oficiais. Iniciou-se o envenenamento maciço e sistemático da paisagem agrícola, dos alimentos, de todos os ambientes. O que sobrava de vida no solo, após décadas de maltrato mecânico e erosão descontrolada, sucumbia às enxurradas de venenos sempre mais fulminantes ou persistentes. A desagregação do solo e a proliferação da monocultura cada vez mais envolvente levaram nossa agricultura a uma situação de epidemia perene, exigindo sempre venenos, num ciclo diabólico: quanto mais veneno, mais pragas, e, portanto, mais veneno. Apesar da soma dos desastres – centenas de mortes todos os anos, por intoxicações, milhares de pessoas afetadas por problemas de grave intoxicação crônica – e apesar da nova consciência que surge entre os agrônomos brasileiros, ainda não se vislumbra rompimento deste ciclo.[*]

Nas regiões de agricultura intensiva ou envolvente, o envenenamento sistemático acabou com a fauna que sobrevivera à caça indisciplinada e à obliteração dos ecossistemas.

Surgiram também novos esquemas oficiais de aceleração da devastação. Em vez de promover agricultura mais sã, mais intensiva e mais produtiva, promovia-se simples ampliação de área plantada. Promovia-se também a compra de maquinaria excessiva, além do interesse e da capacidade do agricultor. Além disso, entidades oficiais do Rio Grande do Sul e de outros Estados ajudavam o agricultor a desmatar e destocar, com maquinaria pesada, locais que antes ele não tinha condições de alcançar. As prefeituras mais remotas começaram também a comprar maquinaria pesada de movimento da terra e a fazer estradas de penetração nas últimas selvas, em geral terra pública, para especulação que beneficiava os próprios administradores públicos ou para esquemas

---

[*] Em anos posteriores, Lutz tornou-se menos pessimista. Apesar dos percalços e retrocessos, animaram-no as grandes vitórias do movimento ambiental brasileiro, como as leis e a conscientização sobre os agrotóxicos, assim como a expansão e evolução técnica da agricultura ecológica. (N.E.)

eleitoreiros. Sucumbiu, assim, muita selva até então intacta e não ameaçada.

Outras entidade públicas, centralizadas em Brasília, são especialistas na destruição sistemática de ecossistemas aquáticos interiores em todo o Brasil – banhados, pantanais, alagados, lagoas, lagunas, mangues e as partes vivas dos rios. Oficialmente se diz "recuperação" de terras, "retificação" de cursos d'água ou "dessalinização" de lagunas, mas o efeito biológico é sempre catastrófico. A tecnocracia não quer compreender, muito menos a especulação imobiliária, que os ecossistemas aquáticos de água doce estão entre os mais preciosos e indispensáveis no grande contexto da Ecosfera. O pretexto, em geral, é econômico – aumento de área cultivável ou urbanizável, controle de cheias ou atendimento de necessidades industriais. Os beneficiários são sempre os grandes ou os especuladores com poder político.

Também neste tipo de empreendimento, como no caso dos venenos na agricultura, cada novo esquema promove desequilíbrios que exigirão, mais adiante, novas obras. A tecnocracia se autofortalece sempre mais. Quanto mais estragos causa, mais estragos terá que continuar causando.

Mas não apenas estas estruturas centralizadas de âmbito nacional destroem ecossistemas aquáticos. Com crédito fácil, em geral subvencionado, qualquer fazendeiro, comprando ou contratando dragas, amplia hoje suas terras, drenando banhados, baixando o nível de lagoas ou retificando arroios. Empresas como a

Camargo Correia, multinacional brasileira de terraplenagem, já causaram tremendo estrago no Pantanal do Mato Grosso, com imensas máquinas que secaram suas terras mas estão causando inundações catastróficas nas terras vizinhas.

O alastramento dos enfoques e do poder tecnocrático nas últimas duas décadas levou ao aparecimento, no Brasil, de formas de hipermonocultura nunca vistas no mundo. A escala destas hipermonoculturas ultrapassa tudo o que se pode ver nas granjas estatais dos países que se dizem comunistas.

Na Amazônia, no Cerrado e até no Pantanal apareceram agora propriedades que quase atingem o tamanho das antigas capitanias, com centenas de milhares e mesmo milhões de hectares. O projeto Jari é apenas o mais badalado, talvez não seja nem o maior, apesar dos seis milhões de hectares que pretende abarcar.

Esquemas assim só podem ser de extrema brutalidade biológica, paisagística e social. Os métodos empregados são "produtivos" apenas pelo tamanho e pelo indecente subsídio estatal. Os projetos pecuários na Amazônia, por exemplo, apresentam produtividade extremamente baixa. Não se chega a 50 quilos de carne por hectare/ano. Compare-se com os 600 quilos/hectare/ano normais no norte da Europa, sempre acompanhados de produção leiteira, que acrescenta mais uns 5.000 a 7.000 litros/hectare/ano. O pior é que mesmo esta produtividade ridícula não é sustentável. Ela decai já no terceiro ano e se acaba antes do décimo. Sobra capoeira improdutiva. Mas tem mais floresta para derrubar.

Entretanto, só a produção de frutas silvestres, nozes, corações de palmeira, ervas e raízes era, em cada hectare de floresta, um múltiplo em quantidade e qualidade da ridícula produção transitória agora obtida. Até hoje nenhum ecólogo conseguiu medir a relação hectare de floresta intacta/peso de peixe produzido no corpo de água contíguo, mas é provável que esta relação seja superior à da produtividade do boi. O que se verifica é que, com o desaparecimento da floresta, baixa dramaticamente a vida nos rios. Não é por acaso que o caboclo amazônida costuma dizer que "onde entra boi aparece a fome".

O que hoje fazemos na Amazônia é, provavelmente, a maior das imbecilidades da história da humanidade. O mais triste neste erro é que ele é tão desnecessário e suas consequências são tão irreversíveis. Mais uma vez, os beneficiários são saqueadores externos à região, pouco importa que se trate de firmas multinacionais ou indivíduos ou entidades paulistas, gaúchas ou de outras regiões brasileiras. Aos amazônidas sobrarão a devastação, os desequilíbrios hídricos e climáticos, a marginalização e a fome. Mas tudo isto é "desenvolvimento"...

Sabe-se agora que se preparam para o Cerrado esquemas de hiper-hiper-monocultura para exportação. O Proálcool significará novo paroxismo de devastação das selvas que sobram, sem falar da imensa marginalização e pauperização, da diminuição de capacidade de produção de alimento, com concomitante aumento no custo dos alimentos, poluição dos últimos cursos d'água com vinhoto e pesticidas e agravamento da crise energética. E o Proálcool já se instala no Pantanal do Mato Grosso.

Hipocritamente, o "reflorestamento" é apregoado como solução ecológica. Mas o enfoque tecnocrático faz com que ele seja extremamente antiecológico e aumente a injustiça social. O incentivo fiscal só beneficia, mais uma vez, os grandes, aqueles que já devastaram a floresta em grande escala, os madeireiros e outros que só querem ampliar seu capital, grandes comerciantes, industriais, empresários agrícolas. Os gigantescos plantios são feitos pelas firmas reflorestadoras que, para aplicar grandes capitais, precisam de imensas extensões de terra. Estas só se conseguem nas últimas selvas. Destroem-se assim ecossistemas intactos, nivelados pela lâmina do trator e substituídos pelas lavouras de eucalipto, acácia, pinus, gmelina ou outros. Em plena hileia amazônica se faz "reflorestamento", subvencionado com o sacrifício do pequeno, que tudo paga na inflação.

Tempos atrás, o Instituto Brasileiro de Desenvolvimento Florestal (IBDF), depois de muita controvérsia, baixou de mil para duzentos hectares a área mínima de "reflorestamento" subvencionável. Mas qual é o caboclo, colono ou pequeno sitiante que pode reflorestar duzentos hectares? Eles simplesmente estão excluídos. Entretanto, tivessem eles ajuda para pequenos plantios de eucalipto e outras essências florestais de crescimento rápido, esta ajuda teria cunho social e seria ecologicamente benigna, mesmo na monocultura. O pequeno faria seus plantios arbóreos em suas piores terras, e os inúmeros plantios pequenos, disseminados na paisagem e entremeados com lavouras e ecossistemas naturais em várias fases de situação, intacta ou de recuperação, significariam enriquecimento ecológico, não empobrecimento da paisagem, como é o caso da hipermonocultura arbórea exótica. Poderia haver, inclusive, ajuda e promoção para o verdadeiro reflorestamento, o reflorestamento natural, que produz florestas secundárias de alto valor ecológico. Mas tudo isto não interessa aos poderosos no governo e na tecnocracia, pois não concentra poder para eles.

Outras formas de devastação tomam no Brasil formas não igualadas no resto do mundo. Entre elas a desenfreada especulação imobiliária. Sem disciplina do solo, qualquer um, possuindo ou grilando terras, faz seu loteamento. Os compradores, na maioria dos casos, são também especuladores. Compram os lotes para deixar "valorizar". Assim, mal estão vendidos dez a quinze por cento dos terrenos, a imobiliária já faz novo loteamento. Imensas paisagens, antes de grande beleza e valor ecológico e recreativo, estão hoje desfiguradas pela praga dos loteamentos. Os loteadores, sem nenhuma visão ecológica e muito menos estética, costumam iniciar os trabalhos com grandes estragos. A terraplenagem arrasa os complexos florísticos, nivela topografias, aterra alagados ou lagos e retifica arroios. O cliente compra seu terreno numa paisagem lunar. Quando pensar em fazer seu jardim, terá que buscar fora terra de mato para plantar. Com isso, ele contribui para novas destruições. Florestas são destruídas para a obtenção da terra vegetal. O que se pode ver da janela do avião ao longo da costa brasileira é desolador.

Mas a orgia da terraplenagem, seja para loteamento, para instalação de indústrias, de construção de estradas, de barragens ou de mil outros esquemas, atinge no Brasil níveis de ferocidade que se aproximam dos estragos causados pelos grandes vulcões.

Não é melhor a situação causada pela indisciplina da mineração a céu aberto. Montanhas inteiras são desmontadas sem nenhum escrúpulo. Tivéssemos um resquício de vergonha neste sentido, Belo Horizonte já teria mudado de nome. Do horizonte belo, nada sobra. A mineração de profundidade não é melhor, pois os entulhos são sempre depositados com total abandono. No Sul, a mineração do carvão a céu aberto já abre também crateras difíceis de descrever.

Inúmeras formas desnecessárias de devastação e demolição poderiam ainda ser citadas. A cada dia surgem novas e inesperadas formas. A Moderna Sociedade Industrial parece ter uma imaginação ilimitada quando se trata de destruir, lesar, degradar Vida, mas ela demonstra total insensibilidade e imbecilidade diante da tarefa de refazer, reconstruir, valorizar Vida.

A TRAGÉDIA DO PODER

> *O que toda burocracia persegue é sua própria sobrevivência e ampliação.*
> *A liberdade só aumenta à medida que aumentam a autossuficiência, a autonomia local, a autogestão, e se descentralizam todas as formas de poder de decisão.*

Se há um matagal que merece ser desbravado para abrir visão é o matagal semântico. Quanta discussão, quanta polêmica inútil porque, em suas cabeças, os contendores têm definições diferentes para as mesmas palavras. Quantas não são as brigas em que as partes, diante da barreira das palavras mal definidas, não conseguem ver que, fundamentalmente, estão de acordo. E, contrariamente, quanto logro deliberado, quanta imposição e exploração não florescem exatamente no chão da terminologia enganosa.

Vejamos a palavra "propriedade". Em seu uso corriqueiro ela pode significar coisas bem diferentes. Quando "propriedade" se refere a um objeto de uso pessoal ou familiar, tal como um lápis, a escova de dentes, a bicicleta, o automóvel, a casa ou o jardim, o que temos é uma comodidade para o indivíduo ou

---

Texto redigido em outubro de 1977.

o pequeno grupo. Mas, quando a mesma palavra se refere a 10 mil hectares de terra, a uma fábrica, uma frota de transatlânticos, um campo de petróleo, o sentido é bem outro. Agora o que existe é poder de mando de uma pessoa ou grupo de pessoas sobre outras pessoas. Ser proprietário de grande extensão de terras significa, simplesmente, que ali se tem poder de mando. Neste sentido, não há diferença entre o grande proprietário, o executivo, o administrador público. O executivo não é proprietário da firma que gere. Mas, da mesma maneira que o terratenente em "sua" terra, o executivo manda em "sua" firma, o administrador público manda em "seu" ministério, secretaria, departamento etc.

Assim, quando os da extrema esquerda dizem que são contra a propriedade dos meios de produção, deveriam deixar bem claro que o que combatem é apenas a concentração do poder de mando. A extrema direita, entretanto, quando defende como sagrada a propriedade, deveria limitar o sentido desta palavra àquilo que é conforto pessoal – mas ele a aplica à fábrica, à grande extensão de terras ou a gigantescos estoques de materiais. Não está defendendo propriedade, está defendendo poder. Por outro lado, quando governos comunistas eliminam a pequena propriedade rural, como quando forçadamente incorporam o camponês no Kolkhós, eles também estão defendendo concentração de poder de mando, aquilo que dizem combater. Na granja coletiva, o ex-camponês perdeu toda autossuficiência, autonomia e liberdade de ação, está transformado em subalterno do administrador, dentro de uma burocracia piramidal, onde todo poder se concentra no topo.

Outra palavra que merece ser desmistificada é a palavra "lucro". Também aqui temos os que acham que o lucro é sempre, inerentemente, pernicioso, e aqueles que o defendem em qualquer circunstância. Mas o lucro é apenas uma das regras do jogo do poder. Como em todo jogo, as regras podem ser boas ou más, aceitas de comum acordo ou impostas pela força. O lucro é uma das modalidades de pagamento por serviços prestados. No caso do salário ou dos honorários, temos um acordo de troca de determinados serviços por soma prefixada de dinheiro. No caso do lucro existe, de um lado, aceitação de determinado custo fixo em troca de eliminação de risco, e, de outro, a esperança de vantagem monetária em troca de aceitação de risco. Este é um jogo perfeitamente válido, quando limpo. Tanto no caso do salário como no caso do lucro, pode haver justiça ou injustiça, dependendo do contexto e do jogo de forças. Portanto, não tem sentido atacar todo lucro e considerar imoral toda ânsia de vantagem, como não tem sentido defender sempre o lucro. Todas as interações sociais – e a possibilidade de variação é infinita – devem ser vistas e julgadas de acordo com o bem ou o mal social que causam. Há casos em que o lucro é socialmente interessante, outros em que é pernicioso. O mesmo sucede com salários, honorários, dividendos, *royalties*, juros, etc.

Quando alguém dedica anos de trabalho a uma pesquisa de resultados ainda duvidosos ou à estocagem de alguma matéria-prima que ele julga possa vir a escassear, enquanto outros a esbanjam, ele bem merece recompensa pela esperança confirmada, como merece o castigo da perda de capital por avareza desmedida. A sociedade necessita de mecanismos de incentivo ao risco, pois o risco precede toda inovação. Em termos sociais, a recompensa corresponde ao sucesso da mutação favorável na evolução orgânica. Mas na evolução orgânica a vantagem da mutação bem-sucedida é limitada. O contexto é complexo e são inúmeros os freios contra o excesso de qualquer uma das partes do ecossistema. Haverá apenas um pequeno deslocamente de equilíbrio, não perda de equilíbrio. Por isso, sendo uma sociedade humana um sistema muito mais simples, em suas estruturas de inter-relacionamento do que um ecossistema ou organismo – e, assim, mais vulnerável a desequilíbrios –, precisamos desenvolver mecanismos que impeçam o desregramento do poder.

Ouvem-se muitas vezes discussões com base na pressuposição de que haveria uma diferença fundamental entre uma empresa e um governo, uma vez que a empresa persegue lucro e o governo não. Isto é uma perigosa ilusão. A empresa não persegue o lucro pelo lucro. O lucro é para a empresa um meio para alcançar certos alvos implícitos. O marceneiro não está enamorado de seu serrote, o escritor, de sua máquina de escrever. O alvo que o executivo persegue é a manutenção e ampliação de seu poder. Mesmo quando, magnanimamente, distribui grossos dividendos aos acionistas, está procurando demonstrar sua eficiência para justificar sua permanência no posto. Seu elevado salário e gratificações generosas dependem disso. Toda burocracia, estatal ou empresarial, é estrutura de poder. Os instrumentos de poder de que cada uma se serve podem variar enormemente. Pouco importa que a respectiva burocracia fabrique aço ou automóveis, gere eletricidade em reator nuclear, venda bombons ou preservativos, ou que administre um governo, uma autarquia ou um sindicato. Quer seja em esquema democrático ou totalitário, o que toda burocracia persegue é sua própria sobrevivência e ampliação. Realmente não interessa que ela se chame General Motors ou Partido Comunista Soviético, ou mesmo Igreja Católica ou federação mundial de vodu.

Em cada caso diferem as regras do jogo, mas em todo jogo os participantes querem ganhar. Na moderna empresa capitalista, o poder se alicerça na pesquisa tecnológica, no marketing, na publicidade e na manipulação de mercados. Com o consequente fluxo de dinheiro, pagam-se materiais e distribuem-se dividendos, se fazem investimentos para mais crescimento e se corrompem políticos e administradores públicos para que tudo isto funcione muito bem.

Nos governos, conforme eles sejam mais ou menos democráticos, o poder se embasa na popularidade dos líderes, na demagogia e nos mecanismos eleitorais. As eleições podem ser mais ou menos livres ou forçadas, limpas ou manipuladas. Na elaboração das chapas também pode haver fortalecimento de candidatos por doação empresarial, permitindo o surgimento de figuras que sem isto não teriam a mínima chance de se fazer notar pelo público.

Já nos governos ditatoriais, a coisa é muito mais simples. Os governantes são como os executivos das grandes empresas, a sucessão é discutida entre eles mesmos, sem qualquer consulta nas bases. O poder se apoia no monopólio da propaganda, na censura, no poderio das forças armadas, na eficácia da polícia, na tortura e na capacidade das prisões ou campos de concentração e, mesmo, em "centros psiquiátricos". Conforme os governantes sejam mais ou menos cínicos, haverá maior ou menor ênfase numa ideologia envolvente para tudo justificar. No caso dos antigos governos teocráticos, o poder dependia da aceitação generalizada da cosmovisão oficial, dos mecanismos litúrgicos e da fogueira aos hereges.

Se os governos não perseguem lucro, é porque realmente não necessitam. Eles têm força para sugar impostos e aumentá-los como e quando lhes convêm e, afinal, o dinheiro quem faz são eles. Um governo pode até, tranquila e legalmente, emitir dinheiro falso. A inflação é isso mesmo, é dinheiro sem fundo emitido pelo próprio governo. Quando, então, alguém procura se defender do logro aumentando seus preços, a administração pública facilmente o acusa de especulador e não hesita mesmo em aplicar punições severas. Portanto, se as grandes corporações são perigosas e precisam ser controladas, quanto mais os governos, cujo poder está submetido a muito menos controles! São ainda poucos os casos em que grandes firmas tenham conseguido colocar em campo de concentração ou executar seus opositores, mas quem lê jornal e estuda História sabe que este tipo de atividade é perfeitamente normal para inúmeros governos e de todas as colorações ideológicas.

Os alvos explícitos dos governos são sempre humanitários. Não poderiam deixar de sê-lo. Todo chefe, legítimo ou não, deseja a fé dos governados, mas ele deseja muito mais manter-se no poder. Faz então o que considera necessário para tanto, mesmo que isso signifique perda de popularidade ou o cultivo da grande mentira. Acaba sempre acreditando na legitimidade dos meios que usa. Quanto mais irrestrito for seu poder, a mais extremos estará disposto. É preciso ser muito simplório, estar possuído de fé muito cega, para acreditar, como acreditam alguns revolucionários abnegados, na incorruptibilidade da pessoa no poder. Quanto mais envolvente e fanática for a ideologia, mais ela se presta a desmando. Giordano Bruno foi queimado vivo em nome de uma religião que professa o "ama o próximo como a ti mesmo".

Por que será que tantos movimentos de libertação, com ideologias aparentemente tão humanas, desembocam tão frequentemente em ditaduras ferozes e sangrentas?

Acontece que os ideólogos destes movimentos caem quase sempre na mesma armadilha. Postula-se que, estando a sociedade ou o grupo em questão oprimidos por pequeno grupo de aproveitadores ou mesmo tirano solitário, basta acabar com os *maus* e substituí-los por um dos *bons* – haja vista a ideia da "ditadura do proletariado" – e estará iniciado o Milênio, isto é, o fim da História. A humanidade seria feliz e não mais teria problemas. Protótipo deste pensamento simplório é o filme de mocinho. No início da história, o herói bom, idealista, honesto, injustamente perseguido, se vê rodeado de bandidos. À medida que o enredo se desenrola, ele os vai matando um a um. Quando, após mil peripécias, liquida o último, lá está o mocinho, supremo, glorioso. Agora termina o filme. Não há mais nada para contar. Mas aqui deveria recomeçar, pois agora sobra um só bandido, mandão, solitário. Será que ele vai saber se comportar sem oprimir ninguém?

Todo poder corrompe, por melhores que sejam as intenções, nem que seja só pelo servilismo dos subalternos ou pelo imobilismo e a esclerose do mecanismo burocrático. As burocracias facilmente degeneram em bu*rr*ocracias. Esta tendência é diretamente proporcional ao crescimento em tamanho e centralização administrativa. É melhor ou traz um mal menor o poder dividido entre muitos bandidos do que o poder na mão de um só jesus cristo. É sabido que os piores estragos podem ser causados por gente muito bem-intencionada, disposta inclusive a sacrifícios extremos. O missionário, na melhor das intenções e com grande engajamento pessoal, acaba destruindo culturas de sabedoria milenar. Sempre que o poder estiver em uma só mão, por mais virtuosa que seja, todo aquele que tiver ideias e alvos diferentes inevitavelmente sofrerá. Distribuído entre muitos detentores, mesmo mal-intencionados, o poder se torna menos envolvente, deixa muitas frestas, e os diferentes centros de poder se combatem ou se freiam mutuamente. É só por isso, não porque nossos mandatários sejam mais humanos, que temos um pouco mais de liberdade pessoal, liberdade de expressão e informação, nas democracias ocidentais e mesmo em certas semiditaduras capitalistas, do que nas burocracias totalitárias que se dizem comunistas ou democracias populares. Do nosso lado, o poder está mais fracionado. Temos os governos em seus níveis municipal, estadual ou provincial e central, com os poderes executivo, legislativo e judiciário, as empresas, grandes e pequenas ou multinacionais, os particulares, clubes, fundações, sindicatos, autarquias, meios de comunicação, entidades de ação comunitária etc. etc.

As grandes injustiças acontecem sempre naqueles lugares e naquelas circunstâncias onde uma só entidade ou indivíduo tem poder predominante. A propaganda dos governos comunistas gosta de falar do "capitalismo monopolista". Ora, este termo se aplica perfeitamente a eles. Os países capitalistas são oligopolistas, um mal apenas um pouco menor que o capitalismo de monopólio total do Estado.

As grandes empresas e mesmo multinacionais são tidas por alguns como empresas "privadas", como se elas fossem propriedade particular de alguém. Quem já trabalhou em grandes empresas e em organismos estatais sabe que não há diferença. Apenas o âmbito de ação difere de uma burocracia para outra, mas há muita superposição e entrosamento. Daí a inevitável desilusão após as estatizações. Isto porque a estatização não destrói, não desmantela poder, apenas transfere. Em geral, a transferência se faz de um centro menor para um maior, que se torna então ainda mais poderoso. Por isso, a perda de liberdade e de alternativas para o indivíduo é pior depois do que antes da estatização. Não é por nada, não obstante toda legislação antitruste (quase sempre hipocritamente aplicada), que os grandes trustes procuram fusionar-se sempre mais.

No processo de concentração de poder das chamadas revoluções socialistas, a ideologia invocada pelos novos poderosos muitas vezes consegue ainda escravizar espiritualmente. Se antes a servidão era econômica e bem visível, agora o indivíduo crente aceita docilmente sacrifícios desnecessários, em nome de *alvos superiores*. Não protesta onde antes esperneava.

Se quisermos realmente fortalecer a democracia, não é permitindo que cresça o poder dos governos que vamos consegui-lo. A liberdade só aumenta pelo desmantelamento do poder, seja qual for a ideologia ou ausência de ideologia. Que a ideologia seja honesta ou cínica, explícita ou implícita, propagada por governos ou corporações, pouco importa. A liberdade só aumenta à medida que aumentam a autossuficiência, a autonomia local, a autogestão, e se descentralizam todas as formas de poder de decisão. Ao poder central, por delegação, só cabe – legitimamente – encarregar-se daquilo que não pode ser feito localmente, e isto é muito pouco. Nesta delegação deve haver o máximo de representação, com mecanismos eficientes para a institucionalização do pluralismo, através de parlamentos, separação de poderes e grupos de pressão.

Na Alemanha Federal, fala-se hoje de um quarto poder no Estado, ao lado dos poderes legislativo, judiciário e executivo: o poder da ação comunitária. Esta é uma evolução muito alvissareira, pois significa maior participação cidadã nos negócios públicos. Naquele país, a luta comunitária pela preservação do ambiente e pela qualidade de vida conseguiu, entre outras coisas, bloquear a ampliação do programa nuclear, não obstante os enormes interesses que há por trás deste programa – um freio eficaz à ditadura tecnocrática. Felizmente, entre nós começam a estruturar-se forças semelhantes de luta popular.

Ideal seria uma sociedade sem governo, sem polícia, uma sociedade autogovernada, onde cada indivíduo se comportasse de acordo com o bem comum. Esta é a situação dos remanescentes intactos de tribos indígenas, e esta parece ter sido a situação normal do Homem durante a Idade da Pedra, nas comunidades caçadoras-coletoras. Isto é, durante mais de dois milhões de anos, pelo menos 99,5% de nossa história. Talvez seja este o paraíso perdido das mitologias antigas. Nas comunidades caçadoras-coletivas não se conhecia sequer distinção entre trabalho e recreação, toda atividade era recreação. Mas a invenção da agricultura e a vida urbana obrigaram ao trabalho. Surgiram estruturas ordenadas de produção e delegação de poder de decisão. O poder criou logo toda sorte de mitologias para seu próprio sustento.

Em termos cibernéticos, o poder é um processo que tem retroação positiva: quanto mais poder, mais fácil sua ampliação. Por isso, o poder acaba invadindo áreas onde nenhuma função legítima teria. À medida que aumentamos e complicamos nossas estruturas tecnológicas e administrativas, surgem estruturas de poder sempre mais centralizadas e envolventes. Com isso, damos sempre mais chance a indivíduos egoístas, insensíveis, cínicos, sedentos de poder. O grave inconveniente de toda estrutura de poder é que o crivo da seleção para a ascensão dos chefes tem sinal inverso ao do crivo da seleção natural. Na seleção natural é propiciado o que convém à estabilidade, à harmonia e ao aperfeiçoamento do sistema. Nas estruturas burocráticas, entretanto, verifica-se uma seleção que propicia os traços mais indesejáveis. Na pirâmide do poder, quem sobe mais rápido e mais alto não é o mais apto, decente, honesto, menos ambicioso. É todo o contrário. Por isso, a tragédia dos esquemas anarquistas em sociedades humanas é que, abrindo vácuos de poder, estes são logo aproveitados por tiranos potenciais, e a sociedade se encontra desarmada diante deles.

Parece-me que o problema central de toda sociedade humana é como conseguir controle efetivo do poder, como evitar sua usurpação. É certo que, dentro de certa medida, o poder é um mal necessário. Mas devemos sempre colocar a ênfase no *mal*, não no *necessário*.

Aqui deixo uma sugestão que me parece muito importante: que politólogos e sociólogos de visão se aprofundem no estudo da Ecologia e examinem detidamente o funcionamento dos sistemas naturais intactos, enquanto os houver. Suspeito que acabarão por descobrir modelos extremamente relevantes para a condição humana. Ali não existem estruturas de poder central, hegemonias, dominação. O que existe é constelação de equilíbrios.

Progresso, ali, é esmero de equilíbrio.

Coleção L&PM POCKET

1. **Catálogo geral da Coleção**
2. **Poesias** – Fernando Pessoa
3. **O livro dos sonetos** – org. Sergio Faraco
4. **Hamlet** – Shakespeare / trad. Millôr
5. **Isadora, frag. autobiográficos** – Isadora Duncan
6. **Histórias sicilianas** – G. Lampedusa
7. **O relato de Arthur Gordon Pym** – Edgar A. Poe
8. **A mulher mais linda da cidade** – Bukowski
9. **O fim de Montezuma** – Hernan Cortez
10. **A ninfomania** – D. T. Bienville
11. **As aventuras de Robinson Crusoé** – D. Defoe
12. **Histórias de amor** – A. Bioy Casares
13. **Armadilha mortal** – Roberto Arlt
14. **Contos de fantasmas** – Daniel Defoe
15. **Os pintores cubistas** – G. Apollinaire
16. **A morte de Ivan Ilitch** – L.Tolstói
17. **A desobediência civil** – D. H. Thoreau
18. **Liberdade, liberdade** – F. Rangel e M. Fernandes
19. **Cem sonetos de amor** – Pablo Neruda
20. **Mulheres** – Eduardo Galeano
21. **Cartas a Théo** – Van Gogh
22. **Don Juan** – Molière / Trad. Millôr Fernandes
24. **Horla** – Guy de Maupassant
25. **O caso de Charles Dexter Ward** – Lovecraft
26. **Vathek** – William Beckford
27. **Hai-Kais** – Millôr Fernandes
28. **Adeus, minha adorada** – Raymond Chandler
29. **Cartas portuguesas** – Mariana Alcoforado
30. **A mensageira das violetas** – Florbela Espanca
31. **Espumas flutuantes** – Castro Alves
32. **Dom Casmurro** – Machado de Assis
33. **Alves & Cia.** – Eça de Queiroz
35. **Uma temporada no inferno** – A. Rimbaud
36. **A corresp. de Fradique Mendes** – Eça de Queiroz
38. **Antologia poética** – Olavo Bilac
39. **O rei Lear** – Shakespeare
40. **Memórias póstumas de Brás Cubas** – Machado de Assis
41. **Que loucura!** – Woody Allen
42. **O duelo** – Casanova
44. **Gentidades** – Darcy Ribeiro
45. **Memórias de um Sargento de Milícias** – Manuel Antônio de Almeida
46. **Os escravos** – Castro Alves
47. **O desejo pego pelo rabo** – Pablo Picasso
48. **Os inimigos** – Máximo Gorki
49. **O colar de veludo** – Alexandre Dumas
50. **Livro dos bichos** – Vários
51. **Quincas Borba** – Machado de Assis
53. **O exército de um homem só** – Moacyr Scliar
54. **Frankenstein** – Mary Shelley
55. **Dom Segundo Sombra** – Ricardo Güiraldes
56. **De vagões e vagabundos** – Jack London
57. **O homem bicentenário** – Isaac Asimov
58. **A viuvinha** – José de Alencar
59. **Livro das cortesãs** – org. de Sergio Faraco
60. **Últimos poemas** – Pablo Neruda
61. **A moreninha** – Joaquim Manuel de Macedo
62. **Cinco minutos** – José de Alencar
63. **Saber envelhecer e a amizade** – Cícero
64. **Enquanto a noite não chega** – J. Guimarães
65. **Tufão** – Joseph Conrad
66. **Aurélia** – Gérard de Nerval
67. **I-Juca-Pirama** – Gonçalves Dias
68. **Fábulas** – Esopo
69. **Teresa Filósofa** – Anônimo do Séc. XVIII
70. **Avent. inéditas de Sherlock Holmes** – Arthur Conan Doyle
71. **Quintana de bolso** – Mario Quintana
72. **Antes e depois** – Paul Gauguin
73. **A morte de Olivier Bécaille** – Émile Zola
74. **Iracema** – José de Alencar
75. **Iaiá Garcia** – Machado de Assis
76. **Utopia** – Tomás Morus
77. **Sonetos para amar o amor** – Camões
78. **Carmem** – Prosper Mérimée
79. **Senhora** – José de Alencar
80. **Hagar, o horrível 1** – Dik Browne
81. **O coração das trevas** – Joseph Conrad
82. **Um estudo em vermelho** – Arthur Conan Doyle
83. **Todos os sonetos** – Augusto dos Anjos
84. **A propriedade é um roubo** – P.-J. Proudhon
85. **Drácula** – Bram Stoker
86. **O marido complacente** – Sade
87. **De profundis** – Oscar Wilde
88. **Sem plumas** – Woody Allen
89. **Os bruzundangas** – Lima Barreto
90. **O cão dos Baskervilles** – Arthur Conan Doyle
91. **Paraísos artificiais** – Charles Baudelaire
92. **Cândido, ou o otimismo** – Voltaire
93. **Triste fim de Policarpo Quaresma** – Lima Barreto
94. **Amor de perdição** – Camilo Castelo Branco
95. **A megera domada** – Shakespeare / trad. Millôr
96. **O mulato** – Aluísio Azevedo
97. **O alienista** – Machado de Assis
98. **O livro dos sonhos** – Jack Kerouac
99. **Noite na taverna** – Álvares de Azevedo
100. **Aura** – Carlos Fuentes
102. **Contos gauchescos e Lendas do sul** – Simões Lopes Neto
103. **O cortiço** – Aluísio Azevedo
104. **Marília de Dirceu** – T. A. Gonzaga
105. **O Primo Basílio** – Eça de Queiroz
106. **O ateneu** – Raul Pompéia
107. **Um escândalo na Boêmia** – Arthur Conan Doyle
108. **Contos** – Machado de Assis
109. **200 Sonetos** – Luis Vaz de Camões
110. **O príncipe** – Maquiavel
111. **A escrava Isaura** – Bernardo Guimarães
112. **O solteirão nobre** – Conan Doyle
114. **Shakespeare de A a Z** – Shakespeare
115. **A relíquia** – Eça de Queiroz

117. **Livro do corpo** – Vários
118. **Lira dos 20 anos** – Álvares de Azevedo
119. **Esaú e Jacó** – Machado de Assis
120. **A barcarola** – Pablo Neruda
121. **Os conquistadores** – Júlio Verne
122. **Contos breves** – G. Apollinaire
123. **Taipi** – Herman Melville
124. **Livro dos desaforos** – org. de Sergio Faraco
125. **A mão e a luva** – Machado de Assis
126. **Doutor Miragem** – Moacyr Scliar
127. **O penitente** – Isaac B. Singer
128. **Diários da descoberta da América** – Cristóvão Colombo
129. **Édipo Rei** – Sófocles
130. **Romeu e Julieta** – Shakespeare
131. **Hollywood** – Bukowski
132. **Billy the Kid** – Pat Garrett
133. **Cuca fundida** – Woody Allen
134. **O jogador** – Dostoiévski
135. **O livro da selva** – Rudyard Kipling
136. **O vale do terror** – Arthur Conan Doyle
137. **Dançar tango em Porto Alegre** – S. Faraco
138. **O gaúcho** – Carlos Reverbel
139. **A volta ao mundo em oitenta dias** – J. Verne
140. **O livro dos esnobes** – W. M. Thackeray
141. **Amor & morte em Poodle Springs** – Raymond Chandler & R. Parker
142. **As aventuras de David Balfour** – Stevenson
143. **Alice no país das maravilhas** – Lewis Carroll
144. **A ressurreição** – Machado de Assis
145. **Inimigos, uma história de amor** – I. Singer
146. **O Guarani** – José de Alencar
147. **A cidade e as serras** – Eça de Queiroz
148. **Eu e outras poesias** – Augusto dos Anjos
149. **A mulher de trinta anos** – Balzac
150. **Pomba enamorada** – Lygia F. Telles
151. **Contos fluminenses** – Machado de Assis
152. **Antes de Adão** – Jack London
153. **Intervalo amoroso** – A.Romano de Sant'Anna
154. **Memorial de Aires** – Machado de Assis
155. **Naufrágios e comentários** – Cabeza de Vaca
156. **Ubirajara** – José de Alencar
157. **Textos anarquistas** – Bakunin
159. **Amor de salvação** – Camilo Castelo Branco
160. **O gaúcho** – José de Alencar
161. **O livro das maravilhas** – Marco Polo
162. **Inocência** – Visconde de Taunay
163. **Helena** – Machado de Assis
164. **Uma estação de amor** – Horácio Quiroga
165. **Poesia reunida** – Martha Medeiros
166. **Memórias de Sherlock Holmes** – Conan Doyle
167. **A vida de Mozart** – Stendhal
168. **O primeiro terço** – Neal Cassady
169. **O mandarim** – Eça de Queiroz
170. **Um espinho de marfim** – Marina Colasanti
171. **A ilustre Casa de Ramires** – Eça de Queiroz
72. **Lucíola** – José de Alencar
73. **Antígona** – Sófocles – trad. Donaldo Schüler
74. **Otelo** – William Shakespeare
75. **Antologia** – Gregório de Matos
176. **A liberdade de imprensa** – Karl Marx
177. **Casa de pensão** – Aluísio Azevedo
178. **São Manuel Bueno, Mártir** – Unamuno
179. **Primaveras** – Casimiro de Abreu
180. **O noviço** – Martins Pena
181. **O sertanejo** – José de Alencar
182. **Eurico, o presbítero** – Alexandre Herculano
183. **O signo dos quatro** – Conan Doyle
184. **Sete anos no Tibet** – Heinrich Harrer
185. **Vagamundo** – Eduardo Galeano
186. **De repente acidentes** – Carl Solomon
187. **As minas de Salomão** – Rider Haggard
188. **Uivo** – Allen Ginsberg
189. **A ciclista solitária** – Conan Doyle
190. **Os seis bustos de Napoleão** – Conan Doyle
191. **Cortejo do divino** – Nelida Piñon
194. **Os crimes do amor** – Marquês de Sade
195. **Besame Mucho** – Mário Prata
196. **Tuareg** – Alberto Vázquez-Figueroa
197. **O longo adeus** – Raymond Chandler
199. **Notas de um velho safado** – Bukowski
200. **111 ais** – Dalton Trevisan
201. **O nariz** – Nicolai Gogol
202. **O capote** – Nicolai Gogol
203. **Macbeth** – William Shakespeare
204. **Heráclito** – Donaldo Schüler
205. **Você deve desistir, Osvaldo** – Cyro Martins
206. **Memórias de Garibaldi** – A. Dumas
207. **A arte da guerra** – Sun Tzu
208. **Fragmentos** – Caio Fernando Abreu
209. **Festa no castelo** – Moacyr Scliar
210. **O grande deflorador** – Dalton Trevisan
212. **Homem do princípio ao fim** – Millôr Fernandes
213. **Aline e seus dois namorados (1)** – A. Iturrusgarai
214. **A juba do leão** – Sir Arthur Conan Doyle
215. **Assassino metido a esperto** – R. Chandler
216. **Confissões de um comedor de ópio** – Thomas De Quincey
217. **Os sofrimentos do jovem Werther** – Goethe
218. **Fedra** – Racine / Trad. Millôr Fernandes
219. **O vampiro de Sussex** – Conan Doyle
220. **Sonho de uma noite de verão** – Shakespeare
221. **Dias e noites de amor e de guerra** – Galeano
222. **O Profeta** – Khalil Gibran
223. **Flávia, cabeça, tronco e membros** – M. Fernandes
224. **Guia da ópera** – Jeanne Suhamy
225. **Macário** – Álvares de Azevedo
226. **Etiqueta na prática** – Celia Ribeiro
227. **Manifesto do partido comunista** – Marx & Engels
228. **Poemas** – Millôr Fernandes
229. **Um inimigo do povo** – Henrik Ibsen
230. **O paraíso destruído** – Frei B. de las Casas
231. **O gato no escuro** – Josué Guimarães
232. **O mágico de Oz** – L. Frank Baum
233. **Armas no Cyrano's** – Raymond Chandler
234. **Max e os felinos** – Moacyr Scliar
235. **Nos céus de Paris** – Alcy Cheuiche
236. **Os bandoleiros** – Schiller
237. **A primeira coisa que eu botei na boca** – Deonísio da Silva
238. **As aventuras de Simbad, o marújo**

239. **O retrato de Dorian Gray** – Oscar Wilde
240. **A carteira de meu tio** – J. Manuel de Macedo
241. **A luneta mágica** – J. Manuel de Macedo
242. **A metamorfose** – Kafka
243. **A flecha de ouro** – Joseph Conrad
244. **A ilha do tesouro** – R. L. Stevenson
245. **Marx - Vida & Obra** – José A. Giannotti
246. **Gênesis**
247. **Unidos para sempre** – Ruth Rendell
248. **A arte de amar** – Ovídio
249. **O sono eterno** – Raymond Chandler
250. **Novas receitas do Anonymous Gourmet** – J.A.P.M.
251. **A nova catacumba** – Arthur Conan Doyle
252. **Dr. Negro** – Arthur Conan Doyle
253. **Os voluntários** – Moacyr Scliar
254. **A bela adormecida** – Irmãos Grimm
255. **O príncipe sapo** – Irmãos Grimm
256. **Confissões e Memórias** – H. Heine
257. **Viva o Alegrete** – Sergio Faraco
258. **Vou estar esperando** – R. Chandler
259. **A senhora Beate e seu filho** – Schnitzler
260. **O ovo apunhalado** – Caio Fernando Abreu
261. **O ciclo das águas** – Moacyr Scliar
262. **Millôr Definitivo** – Millôr Fernandes
264. **Viagem ao centro da Terra** – Júlio Verne
265. **A dama do lago** – Raymond Chandler
266. **Caninos brancos** – Jack London
267. **O médico e o monstro** – R. L. Stevenson
268. **A tempestade** – William Shakespeare
269. **Assassinatos na rua Morgue** – E. Allan Poe
270. **99 corruíras nanicas** – Dalton Trevisan
271. **Broquéis** – Cruz e Sousa
272. **Mês de cães danados** – Moacyr Scliar
273. **Anarquistas - vol. 1 – A idéia** – G.Woodcock
274. **Anarquistas - vol. 2 – O movimento** – G.Woodcock
275. **Pai e filho, filho e pai** – Moacyr Scliar
276. **As aventuras de Tom Sawyer** – Mark Twain
277. **Muito barulho por nada** – W. Shakespeare
278. **Elogio da loucura** – Erasmo
279. **Autobiografia de Alice B. Toklas** – G. Stein
280. **O chamado da floresta** – J. London
281. **Uma agulha para o diabo** – Ruth Rendell
282. **Verdes vales do fim do mundo** – A. Bivar
283. **Ovelhas negras** – Caio Fernando Abreu
284. **O fantasma de Canterville** – O. Wilde
285. **Receitas de Yayá Ribeiro** – Celia Ribeiro
286. **A galinha degolada** – H. Quiroga
287. **O último adeus de Sherlock Holmes** – A. Conan Doyle
288. **A. Gourmet em Histórias de cama & mesa** – J. A. Pinheiro Machado
289. **Topless** – Martha Medeiros
290. **Mais receitas do Anonymous Gourmet** – J. A. Pinheiro Machado
291. **Origens do discurso democrático** – D. Schüler
292. **Humor politicamente incorreto** – Nani
293. **O teatro do bem e do mal** – E. Galeano
294. **Garibaldi & Manoela** – J. Guimarães
295. **10 dias que abalaram o mundo** – John Reed
296. **Numa fria** – Bukowski
297. **Poesia de Florbela Espanca** vol. 1
298. **Poesia de Florbela Espanca** vol. 2
299. **Escreva certo** – E. Oliveira e M. E. Bernd
300. **O vermelho e o negro** – Stendhal
301. **Ecce homo** – Friedrich Nietzsche
302. **(7).Comer bem, sem culpa** – Dr. Fernando Lucchese, A. Gourmet e Iotti
303. **O livro de Cesário Verde** – Cesário Verde
305. **100 receitas de macarrão** – S. Lancellotti
306. **160 receitas de molhos** – S. Lancellotti
307. **100 receitas light** – H. e Â. Tonetto
308. **100 receitas de sobremesas** – Celia Ribeiro
309. **Mais de 100 dicas de churrasco** – Leon Diziekaniak
310. **100 receitas de acompanhamentos** – C. Cabeda
311. **Honra ou vendetta** – S. Lancellotti
312. **A alma do homem sob o socialismo** – Oscar Wilde
313. **Tudo sobre Yôga** – Mestre De Rose
314. **Os varões assinalados** – Tabajara Ruas
315. **Édipo em Colono** – Sófocles
316. **Lisístrata** – Aristófanes / trad. Millôr
317. **Sonhos de Bunker Hill** – John Fante
318. **Os deuses de Raquel** – Moacyr Scliar
319. **O colosso de Marússia** – Henry Miller
320. **As eruditas** – Molière / trad. Millôr
321. **Radicci 1** – Iotti
322. **Os Sete contra Tebas** – Ésquilo
323. **Brasil Terra à vista** – Eduardo Bueno
324. **Radicci 2** – Iotti
325. **Júlio César** – William Shakespeare
326. **A carta de Pero Vaz de Caminha**
327. **Cozinha Clássica** – Sílvio Lancellotti
328. **Madame Bovary** – Gustave Flaubert
329. **Dicionário do viajante insólito** – M. Scliar
330. **O capitão saiu para o almoço...** – Bukowski
331. **A carta roubada** – Edgar Allan Poe
332. **É tarde para saber** – Josué Guimarães
333. **O livro de bolso da Astrologia** – Maggy Harrisonx e Mellina Li
334. **1933 foi um ano ruim** – John Fante
335. **100 receitas de arroz** – Aninha Comas
336. **Guia prático do Português correto – vol. 1** – Cláudio Moreno
337. **Bartleby, o escriturário** – H. Melville
338. **Enterrem meu coração na curva do rio** – Dee Brown
339. **Um conto de Natal** – Charles Dickens
340. **Cozinha sem segredos** – J. A. P. Machado
341. **A dama das Camélias** – A. Dumas Filho
342. **Alimentação saudável** – H. e Â. Tonetto
343. **Continhos galantes** – Dalton Trevisan
344. **A Divina Comédia** – Dante Alighieri
345. **A Dupla Sertanojo** – Santiago
346. **Cavalos do amanhecer** – Mario Arregui
347. **Biografia de Vincent van Gogh por sua cunhada** – Jo van Gogh-Bonger
348. **Radicci 3** – Iotti
349. **Nada de novo no front** – E. M. Remarque
350. **A hora dos assassinos** – Henry Miller

351. **Flush – Memórias de um cão** – Virginia Woolf
352. **A guerra no Bom Fim** – M. Scliar
353(1). **O caso Saint-Fiacre** – Simenon
354(2). **Morte na alta sociedade** – Simenon
355(3). **O cão amarelo** – Simenon
356(4). **Maigret e o homem do banco** – Simenon
357. **As uvas e o vento** – Pablo Neruda
358. **On the road** – Jack Kerouac
359. **O coração amarelo** – Pablo Neruda
360. **Livro das perguntas** – Pablo Neruda
361. **Noite de Reis** – William Shakespeare
362. **Manual de Ecologia** – vol.1 – J. Lutzenberger
363. **O mais longo dos dias** – Cornelius Ryan
364. **Foi bom prá você?** – Nani
365. **Crepusculário** – Pablo Neruda
366. **A comédia dos erros** – Shakespeare
367(5). **A primeira investigação de Maigret** – Simenon
368(6). **As férias de Maigret** – Simenon
369. **Mate-me por favor (vol.1)** – L. McNeil
370. **Mate-me por favor (vol.2)** – L. McNeil
371. **Carta ao pai** – Kafka
372. **Os vagabundos iluminados** – J. Kerouac
373(7). **O enforcado** – Simenon
374(8). **A fúria de Maigret** – Simenon
375. **Vargas, uma biografia política** – H. Silva
376. **Poesia reunida (vol.1)** – A. R. de Sant'Anna
377. **Poesia reunida (vol.2)** – A. R. de Sant'Anna
378. **Alice no país do espelho** – Lewis Carroll
379. **Residência na Terra 1** – Pablo Neruda
380. **Residência na Terra 2** – Pablo Neruda
381. **Terceira Residência** – Pablo Neruda
382. **O delírio amoroso** – Bocage
383. **Futebol ao sol e à sombra** – E. Galeano
384(9). **O porto das brumas** – Simenon
385(10). **Maigret e seu morto** – Simenon
386. **Radicci 4** – Iotti
387. **Boas maneiras & sucesso nos negócios** – Celia Ribeiro
388. **Uma história Farroupilha** – M. Scliar
389. **Na mesa ninguém envelhece** – J. A. Pinheiro Machado
390. **200 receitas inéditas do Anonymus Gourmet** – J. A. Pinheiro Machado
391. **Guia prático do Português correto – vol.2** – Cláudio Moreno
392. **Breviário das terras do Brasil** – Assis Brasil
393. **Cantos Cerimoniais** – Pablo Neruda
394. **Jardim de Inverno** – Pablo Neruda
395. **Antonio e Cleópatra** – William Shakespeare
396. **Tróia** – Cláudio Moreno
397. **Meu tio matou um cara** – Jorge Furtado
398. **O anatomista** – Federico Andahazi
399. **As viagens de Gulliver** – Jonathan Swift
400. **Dom Quixote** – (v. 1) – Miguel de Cervantes
401. **Dom Quixote** – (v. 2) – Miguel de Cervantes
402. **Sozinho no Pólo Norte** – Thomaz Brandolin
403. **Matadouro 5** – Kurt Vonnegut
404. **Delta de Vênus** – Anaïs Nin
405. **O melhor de Hagar 2** – Dik Browne
406. **É grave Doutor?** – Nani
407. **Orai pornô** – Nani
408(11). **Maigret em Nova York** – Simenon
409(12). **O assassino sem rosto** – Simenon
410(13). **O mistério das jóias roubadas** – Simenon
411. **A irmãzinha** – Raymond Chandler
412. **Três contos** – Gustave Flaubert
413. **De ratos e homens** – John Steinbeck
414. **Lazarilho de Tormes** – Anônimo do séc. XVI
415. **Triângulo das águas** – Caio Fernando Abreu
416. **100 receitas de carnes** – Silvio Lancellotti
417. **Histórias de robôs**: vol. 1 – org. Isaac Asimov
418. **Histórias de robôs**: vol. 2 – org. Isaac Asimov
419. **Histórias de robôs**: vol. 3 – org. Isaac Asimov
420. **O país dos centauros** – Tabajara Ruas
421. **A república de Anita** – Tabajara Ruas
422. **A carga dos lanceiros** – Tabajara Ruas
423. **Um amigo de Kafka** – Isaac Singer
424. **As alegres matronas de Windsor** – Shakespeare
425. **Amor e exílio** – Isaac Bashevis Singer
426. **Use & abuse do seu signo** – Marília Fiorillo e Marylou Simonsen
427. **Pigmaleão** – Bernard Shaw
428. **As fenícias** – Eurípides
429. **Everest** – Thomaz Brandolin
430. **A arte de furtar** – Anônimo do séc. XVI
431. **Billy Bud** – Herman Melville
432. **A rosa separada** – Pablo Neruda
433. **Elegia** – Pablo Neruda
434. **A garota de Cassidy** – David Goodis
435. **Como fazer a guerra: máximas de Napoleão** – Balzac
436. **Poemas escolhidos** – Emily Dickinson
437. **Gracias por el fuego** – Mario Benedetti
438. **O sofá** – Crébillon Fils
439. **O "Martín Fierro"** – Jorge Luis Borges
440. **Trabalhos de amor perdidos** – W. Shakespeare
441. **O melhor de Hagar 3** – Dik Browne
442. **Os Maias (volume1)** – Eça de Queiroz
443. **Os Maias (volume2)** – Eça de Queiroz
444. **Anti-Justine** – Restif de La Bretonne
445. **Juventude** – Joseph Conrad
446. **Contos** – Eça de Queiroz
447. **Janela para a morte** – Raymond Chandler
448. **Um amor de Swann** – Marcel Proust
449. **À paz perpétua** – Immanuel Kant
450. **A conquista do México** – Hernan Cortez
451. **Defeitos escolhidos e 2000** – Pablo Neruda
452. **O casamento do céu e do inferno** – William Blake
453. **A primeira viagem ao redor do mundo** – Antonio Pigafetta
454(14). **Uma sombra na janela** – Simenon
455(15). **A noite da encruzilhada** – Simenon
456(16). **A velha senhora** – Simenon
457. **Sartre** – Annie Cohen-Solal
458. **Discurso do método** – René Descartes
459. **Garfield em grande forma (1)** – Jim Davis
460. **Garfield está de dieta (2)** – Jim Davis
461. **O livro das feras** – Patricia Highsmith

462. **Viajante solitário** – Jack Kerouac
463. **Auto da barca do inferno** – Gil Vicente
464. **O livro vermelho dos pensamentos de Millôr** – Millôr Fernandes
465. **O livro dos abraços** – Eduardo Galeano
466. **Voltaremos!** – José Antonio Pinheiro Machado
467. **Rango** – Edgar Vasques
468(8). **Dieta mediterrânea** – Dr. Fernando Lucchese e José Antonio Pinheiro Machado
469. **Radicci 5** – Iotti
470. **Pequenos pássaros** – Anaïs Nin
471. **Guia prático do Português correto – vol.3** – Cláudio Moreno
472. **Atire no pianista** – David Goodis
473. **Antologia Poética** – García Lorca
474. **Alexandre e César** – Plutarco
475. **Uma espiã na casa do amor** – Anaïs Nin
476. **A gorda do Tiki Bar** – Dalton Trevisan
477. **Garfield um gato de peso (3)** – Jim Davis
478. **Canibais** – David Coimbra
479. **A arte de escrever** – Arthur Schopenhauer
480. **Pinóquio** – Carlo Collodi
481. **Misto-quente** – Bukowski
482. **A lua na sarjeta** – David Goodis
483. **O melhor do Recruta Zero (1)** – Mort Walker
484. **Aline: TPM – tensão pré-monstrual (2)** – Adão Iturrusgarai
485. **Sermões do Padre Antonio Vieira**
486. **Garfield numa boa (4)** – Jim Davis
487. **Mensagem** – Fernando Pessoa
488. **Vendeta** *seguido de* **A paz conjugal** – Balzac
489. **Poemas de Alberto Caeiro** – Fernando Pessoa
490. **Ferragus** – Honoré de Balzac
491. **A duquesa de Langeais** – Honoré de Balzac
492. **A menina dos olhos de ouro** – Honoré de Balzac
493. **O lírio do vale** – Honoré de Balzac
494(17). **A barcaça da morte** – Simenon
495(18). **As testemunhas rebeldes** – Simenon
496(19). **Um engano de Maigret** – Simenon
497(1). **A noite das bruxas** – Agatha Christie
498(2). **Um passe de mágica** – Agatha Christie
499(3). **Nêmesis** – Agatha Christie
500. **Esboço para uma teoria das emoções** – Sartre
501. **Renda básica de cidadania** – Eduardo Suplicy
502(1). **Pílulas para viver melhor** – Dr. Lucchese
503(2). **Pílulas para prolongar a juventude** – Dr. Lucchese
504(3). **Desembarcando o diabetes** – Dr. Lucchese
505(4). **Desembarcando o sedentarismo** – Dr. Fernando Lucchese e Cláudio Castro
506(5). **Desembarcando a hipertensão** – Dr. Lucchese
507(6). **Desembarcando o colesterol** – Dr. Fernando Lucchese e Fernanda Lucchese
508. **Estudos de mulher** – Balzac
509. **O terceiro tira** – Flann O'Brien
510. **100 receitas de aves e ovos** – J. A. P. Machado
511. **Garfield em toneladas de diversão (5)** – Jim Davis
512. **Trem-bala** – Martha Medeiros
513. **Os cães ladram** – Truman Capote
514. **O Kama Sutra de Vatsyayana**
515. **O crime do Padre Amaro** – Eça de Queiroz
516. **Odes de Ricardo Reis** – Fernando Pessoa
517. **O inverno da nossa desesperança** – Steinbeck
518. **Piratas do Tietê (1)** – Laerte
519. **Rê Bordosa: do começo ao fim** – Angeli
520. **O Harlem é escuro** – Chester Himes
521. **Café-da-manhã dos campeões** – Kurt Vonnegut
522. **Eugénie Grandet** – Balzac
523. **O último magnata** – F. Scott Fitzgerald
524. **Carol** – Patricia Highsmith
525. **100 receitas de patisserie** – Sílvio Lancellotti
526. **O fator humano** – Graham Greene
527. **Tristessa** – Jack Kerouac
528. **O diamante do tamanho do Ritz** – Scott Fitzgerald
529. **As melhores histórias de Sherlock Holmes** – Arthur Conan Doyle
530. **Cartas a um jovem poeta** – Rilke
531(20). **Memórias de Maigret** – Simenon
532(4). **O misterioso sr. Quin** – Agatha Christie
533. **Os analectos** – Confúcio
534(21). **Maigret e os homens de bem** – Simenon
535(22). **O medo de Maigret** – Simenon
536. **Ascensão e queda de César Birotteau** – Balzac
537. **Sexta-feira negra** – David Goodis
538. **Ora bolas – O humor de Mario Quintana** – Juarez Fonseca
539. **Longe daqui aqui mesmo** – Antonio Bivar
540(5). **É fácil matar** – Agatha Christie
541. **O pai Goriot** – Balzac
542. **Brasil, um país do futuro** – Stefan Zweig
543. **O processo** – Kafka
544. **O melhor de Hagar 4** – Dik Browne
545(6). **Por que não pediram a Evans?** – Agatha Christie
546. **Fanny Hill** – John Cleland
547. **O gato por dentro** – William S. Burroughs
548. **Sobre a brevidade da vida** – Sêneca
549. **Geraldão (1)** – Glauco
550. **Piratas do Tietê (2)** – Laerte
551. **Pagando o pato** – Ciça
552. **Garfield de bom humor (6)** – Jim Davis
553. **Conhece o Mário?** vol.1 – Santiago
554. **Radicci 6** – Iotti
555. **Os subterrâneos** – Jack Kerouac
556(1). **Balzac** – François Taillandier
557(2). **Modigliani** – Christian Parisot
558(3). **Kafka** – Gérard-Georges Lemaire
559(4). **Júlio César** – Joël Schmidt
560. **Receitas da família** – J. A. Pinheiro Machado
561. **Boas maneiras à mesa** – Celia Ribeiro
562(9). **Filhos sadios, pais felizes** – R. Pagnoncelli
563(10). **Fatos & mitos** – Dr. Fernando Lucchese
564. **Ménage à trois** – Paula Taitelbaum
565. **Mulheres!** – David Coimbra
566. **Poemas de Álvaro de Campos** – Fernando Pessoa
567. **Medo e outras histórias** – Stefan Zweig

568. **Snoopy e sua turma (1)** – Schulz
569. **Piadas para sempre (1)** – Visconde da Casa Verde
570. **O alvo móvel** – Ross Macdonald
571. **O melhor do Recruta Zero (2)** – Mort Walker
572. **Um sonho americano** – Norman Mailer
573. **Os broncos também amam** – Angeli
574. **Crônica de um amor louco** – Bukowski
575(5). **Freud** – René Major e Chantal Talagrand
576(6). **Picasso** – Gilles Plazy
577(7). **Gandhi** – Christine Jordis
578. **A tumba** – H. P. Lovecraft
579. **O príncipe e o mendigo** – Mark Twain
580. **Garfield, um charme de gato (7)** – Jim Davis
581. **Ilusões perdidas** – Balzac
582. **Esplendores e misérias das cortesãs** – Balzac
583. **Walter Ego** – Angeli
584. **Striptiras (1)** – Laerte
585. **Fagundes: um puxa-saco de mão cheia** – Laerte
586. **Depois do último trem** – Josué Guimarães
587. **Ricardo III** – Shakespeare
588. **Dona Anja** – Josué Guimarães
589. **24 horas na vida de uma mulher** – Stefan Zweig
590. **O terceiro homem** – Graham Greene
591. **Mulher no escuro** – Dashiell Hammett
592. **No que acredito** – Bertrand Russell
593. **Odisséia (1): Telemaquia** – Homero
594. **O cavalo cego** – Josué Guimarães
595. **Henrique V** – Shakespeare
596. **Fabulário geral do delírio cotidiano** – Bukowski
597. **Tiros na noite 1: A mulher do bandido** – Dashiell Hammett
598. **Snoopy em Feliz Dia dos Namorados! (2)** – Schulz
599. **Mas não se matam cavalos?** – Horace McCoy
600. **Crime e castigo** – Dostoiévski
601(7). **Mistério no Caribe** – Agatha Christie
602. **Odisséia (2): Regresso** – Homero
603. **Piadas para sempre (2)** – Visconde da Casa Verde
604. **À sombra do vulcão** – Malcolm Lowry
605(8). **Kerouac** – Yves Buin
606. **E agora são cinzas** – Angeli
607. **As mil e uma noites** – Paulo Caruso
608. **Um assassino entre nós** – Ruth Rendell
609. **Crack-up** – F. Scott Fitzgerald
610. **Do amor** – Stendhal
611. **Cartas do Yage** – William Burroughs e Allen Ginsberg
612. **Striptiras (2)** – Laerte
613. **Henry & June** – Anaïs Nin
614. **A piscina mortal** – Ross Macdonald
615. **Geraldão (2)** – Glauco
616. **Tempo de delicadeza** – A. R. de Sant'Anna
617. **Tiros na noite 2: Medo de tiro** – Dashiell Hammett
618. **Snoopy em Assim é a vida, Charlie Brown! (3)** – Schulz
619. **1954 – Um tiro no coração** – Hélio Silva
620. **Sobre a inspiração poética (Íon)** e ... – Platão
621. **Garfield e seus amigos (8)** – Jim Davis
622. **Odisséia (3): Ítaca** – Homero
623. **A louca matança** – Chester Himes
624. **Factótum** – Bukowski
625. **Guerra e Paz: volume 1** – Tolstói
626. **Guerra e Paz: volume 2** – Tolstói
627. **Guerra e Paz: volume 3** – Tolstói
628. **Guerra e Paz: volume 4** – Tolstói
629(9). **Shakespeare** – Claude Mourthé
630. **Bem está o que bem acaba** – Shakespeare
631. **O contrato social** – Rousseau
632. **Geração Beat** – Jack Kerouac
633. **Snoopy: É Natal! (4)** – Charles Schulz
634(8). **Testemunha da acusação** – Agatha Christie
635. **Um elefante no caos** – Millôr Fernandes
636. **Guia de leitura (100 autores que você precisa ler)** – Organização de Léa Masina
637. **Pistoleiros também mandam flores** – David Coimbra
638. **O prazer das palavras** – vol. 1 – Cláudio Moreno
639. **O prazer das palavras** – vol. 2 – Cláudio Moreno
640. **Novíssimo testamento: com Deus e o diabo, a dupla da criação** – Iotti
641. **Literatura Brasileira: modos de usar** – Luís Augusto Fischer
642. **Dicionário de Porto-Alegrês** – Luís A. Fischer
643. **Clô Dias & Noites** – Sérgio Jockymann
644. **Memorial de Isla Negra** – Pablo Neruda
645. **Um homem extraordinário e outras histórias** – Tchékhov
646. **Ana sem terra** – Alcy Cheuiche
647. **Adultérios** – Woody Allen
648. **Para sempre ou nunca mais** – R. Chandler
649. **Nosso homem em Havana** – Graham Greene
650. **Dicionário Caldas Aulete de Bolso**
651. **Snoopy: Posso fazer uma pergunta, professora? (5)** – Charles Schulz
652(10). **Luís XVI** – Bernard Vincent
653. **O mercador de Veneza** – Shakespeare
654. **Cancioneiro** – Fernando Pessoa
655. **Non-Stop** – Martha Medeiros
656. **Carpinteiros, levantem bem alto a cumeeira & Seymour, uma apresentação** – J.D.Salinger
657. **Ensaios céticos** – Bertrand Russell
658. **O melhor de Hagar 5** – Dik e Chris Browne
659. **Primeiro amor** – Ivan Turguêniev
660. **A trégua** – Mario Benedetti
661. **Um parque de diversões da cabeça** – Lawrence Ferlinghetti
662. **Aprendendo a viver** – Sêneca
663. **Garfield, um gato em apuros (9)** – Jim Davis
664. **Dilbert 1** – Scott Adams
665. **Dicionário de dificuldades** – Domingos Paschoal Cegalla
666. **A imaginação** – Jean-Paul Sartre
667. **O ladrão e os cães** – Naguib Mahfuz
668. **Gramática do português contemporâneo** – Celso Cunha

669. **A volta do parafuso** *seguido de* **Daisy Miller** – Henry James
670. **Notas do subsolo** – Dostoiévski
671. **Abobrinhas da Brasilônia** – Glauco
672. **Geraldão (3)** – Glauco
673. **Piadas para sempre (3)** – Visconde da Casa Verde
674. **Duas viagens ao Brasil** – Hans Staden
675. **Bandeira de bolso** – Manuel Bandeira
676. **A arte da guerra** – Maquiavel
677. **Além do bem e do mal** – Nietzsche
678. **O coronel Chabert** *seguido de* **A mulher abandonada** – Balzac
679. **O sorriso de marfim** – Ross Macdonald
680. **100 receitas de pescados** – Sílvio Lancellotti
681. **O juiz e seu carrasco** – Friedrich Dürrenmatt
682. **Noites brancas** – Dostoiévski
683. **Quadras ao gosto popular** – Fernando Pessoa
684. **Romanceiro da Inconfidência** – Cecília Meireles
685. **Kaos** – Millôr Fernandes
686. **A pele de onagro** – Balzac
687. **As ligações perigosas** – Choderlos de Laclos
688. **Dicionário de matemática** – Luiz Fernandes Cardoso
689. **Os Lusíadas** – Luís Vaz de Camões
690.(11).**Átila** – Éric Deschodt
691. **Um jeito tranqüilo de matar** – Chester Himes
692. **A felicidade conjugal** *seguido de* **O diabo** – Tolstói
693. **Viagem de um naturalista ao redor do mundo** – vol. 1 – Charles Darwin
694. **Viagem de um naturalista ao redor do mundo** – vol. 2 – Charles Darwin
695. **Memórias da casa dos mortos** – Dostoiévski
696. **A Celestina** – Fernando de Rojas
697. **Snoopy: Como você é azarado, Charlie Brown! (6)** – Charles Schulz
698. **Dez (quase) amores** – Claudia Tajes
699.(9).**Poirot sempre espera** – Agatha Christie
700. **Cecília de Baltimore** – Cecília Meireles
701. **Apologia de Sócrates** *precedido de* **Êutifron e** *seguido de* **Críton** – Platão
702. **Wood & Stock** – Angeli
703. **Striptiras (3)** – Laerte
704. **Discurso sobre a origem e os fundamentos da desigualdade entre os homens** – Rousseau
705. **Os duelistas** – Joseph Conrad
706. **Dilbert (2)** – Scott Adams
707. **Viver e escrever** (vol. 1) – Edla van Steen
708. **Viver e escrever** (vol. 2) – Edla van Steen
709. **Viver e escrever** (vol. 3) – Edla van Steen
710.(10).**A teia da aranha** – Agatha Christie
711. **O banquete** – Platão
712. **Os belos e malditos** – F. Scott Fitzgerald
713. **Libelo contra a arte moderna** – Salvador Dalí
714. **Akropolis** – Valerio Massimo Manfredi
715. **Devoradores de mortos** – Michael Crichton
716. **Sob o sol da Toscana** – Frances Mayes
717. **Batom na cueca** – Nani
718. **Vida dura** – Claudia Tajes
719. **Carne trêmula** – Ruth Rendell
720. **Cris, a fera** – David Coimbra
721. **O anticristo** – Nietzsche
722. **Como um romance** – Daniel Pennac
723. **Emboscada no Forte Bragg** – Tom Wolfe
724. **Assédio sexual** – Michael Crichton
725. **O espírito do Zen** – Alan W. Watts
726. **Um bonde chamado desejo** – Tennessee Williams
727. **Como gostais** *seguido de* **Conto de inverno** – Shakespeare
728. **Tratado sobre a tolerância** – Voltaire
729. **Snoopy: Doces ou travessuras? (7)** – Charles Schulz
730. **Cardápios do Anonymus Gourmet** – J.A. Pinheiro Machado
731. **100 receitas com lata** – J.A. Pinheiro Machado
732. **Conhece o Mário?** vol.2 – Santiago
733. **Dilbert (3)** – Scott Adams
734. **História de um louco amor** *seguido de* **Passado amor** – Horacio Quiroga
735.(11).**Sexo: muito prazer** – Laura Meyer da Silva
736.(12).**Para entender o adolescente** – Dr. Ronald Pagnoncelli
737.(13).**Desembarcando a tristeza** – Dr. Fernando Lucchese
738. **Poirot e o mistério da arca espanhola & outras histórias** – Agatha Christie
739. **A última legião** – Valerio Massimo Manfredi
740. **As virgens suicidas** – Jeffrey Eugenides
741. **Sol nascente** – Michael Crichton
742. **Duzentos ladrões** – Dalton Trevisan
743. **Os devaneios do caminhante solitário** – Rousseau
744. **Garfield, o rei da preguiça (10)** – Jim Davis
745. **Os magnatas** – Charles R. Morris
746. **Pulp** – Charles Bukowski
747. **Enquanto agonizo** – William Faulkner
748. **Aline: viciada em sexo (3)** – Adão Iturrusgarai
749. **A dama do cachorrinho** – Anton Tchékhov
750. **Tito Andrônico** – Shakespeare
751. **Antologia poética** – Anna Akhmátova
752. **O melhor de Hagar 6** – Dik e Chris Browne
753.(12).**Michelangelo** – Nadine Sautel
754. **Dilbert (4)** – Scott Adams
755. **O jardim das cerejeiras** *seguido de* **Tio Vânia** – Tchékhov
756. **Geração Beat** – Claudio Willer
757. **Santos Dumont** – Alcy Cheuiche
758. **Budismo** – Claude B. Levenson
759. **Cleópatra** – Christian-Georges Schwentzel
760. **Revolução Francesa** – Frédéric Bluche, Stéphane Rials e Jean Tulard
761. **A crise de 1929** – Bernard Gazier
762. **Sigmund Freud** – Edson Sousa e Paulo Endo
763. **Império Romano** – Patrick Le Roux
764. **Cruzadas** – Cécile Morrisson
765. **O mistério do Trem Azul** – Agatha Christie
766. **Os escrúpulos de Maigret** – Simenon
767. **Maigret se diverte** – Simenon

768. **Senso comum** – Thomas Paine
769. **O parque dos dinossauros** – Michael Crichton
770. **Trilogia da paixão** – Goethe
771. **A simples arte de matar** (vol.1) – R. Chandler
772. **A simples arte de matar** (vol.2) – R. Chandler
773. **Snoopy: No mundo da lua! (8)** – Charles Schulz
774. **Os Quatro Grandes** – Agatha Christie
775. **Um brinde de cianureto** – Agatha Christie
776. **Súplicas atendidas** – Truman Capote
777. **Ainda restam aveleiras** – Simenon
778. **Maigret e o ladrão preguiçoso** – Simenon
779. **A viúva imortal** – Millôr Fernandes
780. **Cabala** – Roland Goetschel
781. **Capitalismo** – Claude Jessua
782. **Mitologia grega** – Pierre Grimal
783. **Economia: 100 palavras-chave** – Jean-Paul Betbèze
784. **Marxismo** – Henri Lefebvre
785. **Punição para a inocência** – Agatha Christie
786. **A extravagância do morto** – Agatha Christie
787. (13).**Cézanne** – Bernard Fauconnier
788. **A identidade Bourne** – Robert Ludlum
789. **Da tranquilidade da alma** – Sêneca
790. **Um artista da fome** *seguido de* **Na colônia penal e outras histórias** – Kafka
791. **Histórias de fantasmas** – Charles Dickens
792. **A louca de Maigret** – Simenon
793. **O amigo de infância de Maigret** – Simenon
794. **O revólver de Maigret** – Simenon
795. **A fuga do sr. Monde** – Simenon
796. **O Uraguai** – Basílio da Gama
797. **A mão misteriosa** – Agatha Christie
798. **Testemunha ocular do crime** – Agatha Christie
799. **Crepúsculo dos ídolos** – Friedrich Nietzsche
800. **Maigret e o negociante de vinhos** – Simemon
801. **Maigret e o mendigo** – Simenon
802. **O grande golpe** – Dashiell Hammett
803. **Humor barra pesada** – Nani
804. **Vinho** – Jean-François Gautier
805. **Egito Antigo** – Sophie Desplancques
806. (14).**Baudelaire** – Jean-Baptiste Baronian
807. **Caminho da sabedoria, caminho da paz** – Dalai Lama e Felizitas von Schönborn
808. **Senhor e servo e outras histórias** – Tolstói
809. **Os cadernos de Malte Laurids Brigge** – Rilke
810. **Dilbert (5)** – Scott Adams
811. **Big Sur** – Jack Kerouac
812. **Seguindo a correnteza** – Agatha Christie
813. **O álibi** – Sandra Brown
814. **Montanha-russa** – Martha Medeiros
815. **Coisas da vida** – Martha Medeiros
816. **A cantada infalível** *seguido de* **A mulher do centroavante** – David Coimbra
817. **Maigret e os crimes do cais** – Simenon
818. **Sinal vermelho** – Simenon
819. **Snoopy: Pausa para a soneca (9)** – Charles Schulz
820. **De pernas pro ar** – Eduardo Galeano
821. **Tragédias gregas** – Pascal Thiercy
822. **Existencialismo** – Jacques Colette
823. **Nietzsche** – Jean Granier
824. **Amar ou depender?** – Walter Riso
825. **Darmapada: A doutrina budista em versos**
826. **J'Accuse...! – a verdade em marcha** – Zola
827. **Os crimes ABC** – Agatha Christie
828. **Um gato entre os pombos** – Agatha Christie
829. **Maigret e o sumiço do sr. Charles** – Simenon
830. **Maigret e a morte do jogador** – Simenon
831. **Dicionário de teatro** – Luiz Paulo Vasconcellos
832. **Cartas extraviadas** – Martha Medeiros
833. **A longa viagem de prazer** – J. J. Morosoli
834. **Receitas fáceis** – J. A. Pinheiro Machado
835. (14).**Mais fatos & mitos** – Dr. Fernando Lucchese
836. (15).**Boa viagem!** – Dr. Fernando Lucchese
837. **Aline: Finalmente nua!!! (4)** – Adão Iturrusgarai
838. **Mônica tem uma novidade!** – Mauricio de Sousa
839. **Cebolinha em apuros!** – Mauricio de Sousa
840. **Sócios no crime** – Agatha Christie
841. **Bocas do tempo** – Eduardo Galeano
842. **Orgulho e preconceito** – Jane Austen
843. **Impressionismo** – Dominique Lobstein
844. **Escrita chinesa** – Viviane Alleton
845. **Paris: uma história** – Yvan Combeau
846. (15).**Van Gogh** – David Haziot
847. **Maigret e o corpo sem cabeça** – Simenon
848. **Portal do destino** – Agatha Christie
849. **O futuro de uma ilusão** – Freud
850. **O mal-estar na cultura** – Freud
851. **Maigret e o matador** – Simenon
852. **Maigret e o fantasma** – Simenon
853. **Um crime adormecido** – Agatha Christie
854. **Satori em Paris** – Jack Kerouac
855. **Medo e delírio em Las Vegas** – Hunter Thompson
856. **Um negócio fracassado e outros contos de humor** – Tchékhov
857. **Mônica está de férias!** – Mauricio de Sousa
858. **De quem é esse coelho?** – Mauricio de Sousa
859. **O burgomestre de Furnes** – Simenon
860. **O mistério Sittaford** – Agatha Christie
861. **Manhã transfigurada** – Luiz Antonio de Assis Brasil
862. **Alexandre, o Grande** – Pierre Briant
863. **Jesus** – Charles Perrot
864. **Islã** – Paul Balta
865. **Guerra da Secessão** – Farid Ameur
866. **Um rio que vem da Grécia** – Cláudio Moreno
867. **Maigret e os colegas americanos** – Simenon
868. **Assassinato na casa do pastor** – Agatha Christie
869. **Manual do líder** – Napoleão Bonaparte
870. (16).**Billie Holiday** – Sylvia Fol
871. **Bidu arrasando!** – Mauricio de Sousa
872. **Desventuras em família** – Mauricio de Sousa
873. **Liberty Bar** – Simenon
874. **E no final a morte** – Agatha Christie
875. **Guia prático do Português correto – vol. 4** – Cláudio Moreno
876. **Dilbert (6)** – Scott Adams
877. (17).**Leonardo da Vinci** – Sophie Chauveau
878. **Bella Toscana** – Frances Mayes
879. **A arte da ficção** – David Lodge

880. **Striptiras (4)** – Laerte
881. **Skrotinhos** – Angeli
882. **Depois do funeral** – Agatha Christie
883. **Radicci 7** – Iotti
884. **Walden** – H. D. Thoreau
885. **Lincoln** – Allen C. Guelzo
886. **Primeira Guerra Mundial** – Michael Howard
887. **A linha de sombra** – Joseph Conrad
888. **O amor é um cão dos diabos** – Bukowski
889. **Maigret sai em viagem** – Simenon
890. **Despertar: uma vida de Buda** – Jack Kerouac
891(18). **Albert Einstein** – Laurent Seksik
892. **Hell's Angels** – Hunter Thompson
893. **Ausência na primavera** – Agatha Christie
894. **Dilbert (7)** – Scott Adams
895. **Ao sul de lugar nenhum** – Bukowski
896. **Maquiavel** – Quentin Skinner
897. **Sócrates** – C.C.W. Taylor
898. **A casa do canal** – Simenon
899. **O Natal de Poirot** – Agatha Christie
900. **As veias abertas da América Latina** – Eduardo Galeano
901. **Snoopy: Sempre alerta! (10)** – Charles Schulz
902. **Chico Bento: Plantando confusão** – Mauricio de Sousa
903. **Penadinho: Quem é morto sempre aparece** – Mauricio de Sousa
904. **A vida sexual da mulher feia** – Claudia Tajes
905. **100 segredos de liquidificador** – José Antonio Pinheiro Machado
906. **Sexo muito prazer 2** – Laura Meyer da Silva
907. **Os nascimentos** – Eduardo Galeano
908. **As caras e as máscaras** – Eduardo Galeano
909. **O século do vento** – Eduardo Galeano
910. **Poirot perde uma cliente** – Agatha Christie
911. **Cérebro** – Michael O'Shea
912. **O escaravelho de ouro e outras histórias** – Edgar Allan Poe
913. **Piadas para sempre (4)** – Visconde da Casa Verde
914. **100 receitas de massas light** – Helena Tonetto
915(19). **Oscar Wilde** – Daniel Salvatore Schiffer
916. **Uma breve história do mundo** – H. G. Wells
917. **A Casa do Penhasco** – Agatha Christie
918. **Maigret e o finado sr. Gallet** – Simenon
919. **John M. Keynes** – Bernard Gazier
920(20). **Virginia Woolf** – Alexandra Lemasson
921. **Peter e Wendy** *seguido de* **Peter Pan em Kensington Gardens** – J. M. Barrie
922. **Aline: numas de colegial (5)** – Adão Iturrusgarai
923. **Uma dose mortal** – Agatha Christie
924. **Os trabalhos de Hércules** – Agatha Christie
925. **Maigret na escola** – Simenon
926. **Kant** – Roger Scruton
927. **A inocência do Padre Brown** – G.K. Chesterton
928. **Casa Velha** – Machado de Assis
929. **Marcas de nascença** – Nancy Huston
930. **Aulete de bolso**
931. **Hora Zero** – Agatha Christie
932. **Morte na Mesopotâmia** – Agatha Christie
933. **Um crime na Holanda** – Simenon
934. **Nem te conto, João** – Dalton Trevisan
935. **As aventuras de Huckleberry Finn** – Mark Twain
936(21). **Marilyn Monroe** – Anne Plantagenet
937. **China moderna** – Rana Mitter
938. **Dinossauros** – David Norman
939. **Louca por homem** – Claudia Tajes
940. **Amores de alto risco** – Walter Riso
941. **Jogo de damas** – David Coimbra
942. **Filha é filha** – Agatha Christie
943. **M ou N?** – Agatha Christie
944. **Maigret se defende** – Simenon
945. **Bidu: diversão em dobro!** – Mauricio de Sousa
946. **Fogo** – Anaïs Nin
947. **Rum: diário de um jornalista bêbado** – Hunter Thompson
948. **Persuasão** – Jane Austen
949. **Lágrimas na chuva** – Sergio Faraco
950. **Mulheres** – Bukowski
951. **Um pressentimento funesto** – Agatha Christie
952. **Cartas na mesa** – Agatha Christie
953. **Maigret em Vichy** – Simenon
954. **O lobo do mar** – Jack London
955. **Os gatos** – Patricia Highsmith
956(22). **Jesus** – Christiane Rancé
957. **História da medicina** – William Bynum
958. **O Morro dos Ventos Uivantes** – Emily Brontë
959. **A filosofia na era trágica dos gregos** – Nietzsche
960. **Os treze problemas** – Agatha Christie
961. **A massagista japonesa** – Moacyr Scliar
962. **A taberna dos dois tostões** – Simenon
963. **Humor do miserê** – Nani
964. **Todo o mundo tem dúvida, inclusive você** – Édison de Oliveira
965. **A dama do Bar Nevada** – Sergio Faraco
966. **O Smurf Repórter** – Peyo
967. **O Bebê Smurf** – Peyo
968. **Maigret e os flamengos** – Simenon
969. **O psicopata americano** – Bret Easton Ellis
970. **Ensaios de amor** – Alain de Botton
971. **O grande Gatsby** – F. Scott Fitzgerald
972. **Por que não sou cristão** – Bertrand Russell
973. **A Casa Torta** – Agatha Christie
974. **Encontro com a morte** – Agatha Christie
975(23). **Rimbaud** – Jean-Baptiste Baronian
976. **Cartas na rua** – Bukowski
977. **Memória** – Jonathan K. Foster
978. **A abadia de Northanger** – Jane Austen
979. **As pernas de Úrsula** – Claudia Tajes
980. **Retrato inacabado** – Agatha Christie
981. **Solanin (1)** – Inio Asano
982. **Solanin (2)** – Inio Asano
983. **Aventuras de menino** – Mitsuru Adachi
984(16). **Fatos & mitos sobre sua alimentação** – Dr. Fernando Lucchese
985. **Teoria quântica** – John Polkinghorne
986. **O eterno marido** – Fiódor Dostoiévski
987. **Um safado em Dublin** – J. P. Donleavy
988. **Mirinha** – Dalton Trevisan

989. **Akhenaton e Nefertiti** – Carmen Seganfredo e A. S. Franchini
990. **On the Road – o manuscrito original** – Jack Kerouac
991. **Relatividade** – Russell Stannard
992. **Abaixo de zero** – Bret Easton Ellis
993(24). **Andy Warhol** – Mériam Korichi
994. **Maigret** – Simenon
995. **Os últimos casos de Miss Marple** – Agatha Christie
996. **Nico Demo** – Mauricio de Sousa
997. **Maigret e a mulher do ladrão** – Simenon
998. **Rousseau** – Robert Wokler
999. **Noite sem fim** – Agatha Christie
1000. **Diários de Andy Warhol (1)** – Editado por Pat Hackett
1001. **Diários de Andy Warhol (2)** – Editado por Pat Hackett
1002. **Cartier-Bresson: o olhar do século** – Pierre Assouline
1003. **As melhores histórias da mitologia: vol. 1** – A.S. Franchini e Carmen Seganfredo
1004. **As melhores histórias da mitologia: vol. 2** – A.S. Franchini e Carmen Seganfredo
1005. **Assassinato no beco** – Agatha Christie
1006. **Convite para um homicídio** – Agatha Christie
1007. **Um fracasso de Maigret** – Simenon
1008. **História da vida** – Michael J. Benton
1009. **Jung** – Anthony Stevens
1010. **Arsène Lupin, ladrão de casaca** – Maurice Leblanc
1011. **Dublinenses** – James Joyce
1012. **120 tirinhas da Turma da Mônica** – Mauricio de Sousa
1013. **Antologia poética** – Fernando Pessoa
1014. **A aventura de um cliente ilustre** *seguido de* **O último adeus de Sherlock Holmes** – Sir Arthur Conan Doyle
1015. **Cenas de Nova York** – Jack Kerouac
1016. **A corista** – Anton Tchékhov
1017. **O diabo** – Leon Tolstói
1018. **Fábulas chinesas** – Sérgio Capparelli e Márcia Schmaltz
1019. **O gato do Brasil** – Sir Arthur Conan Doyle
1020. **Missa do Galo** – Machado de Assis
1021. **O mistério de Marie Rogêt** – Edgar Allan Poe
1022. **A mulher mais linda da cidade** – Bukowski
1023. **O retrato** – Nicolai Gogol
1024. **O conflito** – Agatha Christie
1025. **Os primeiros casos de Poirot** – Agatha Christie
1026. **Maigret e o cliente de sábado** – Simenon
1027(25). **Beethoven** – Bernard Fauconnier
1028. **Platão** – Julia Annas
1029. **Cleo e Daniel** – Roberto Freire
1030. **Til** – José de Alencar
1031. **Viagens na minha terra** – Almeida Garrett
1032. **Profissões para mulheres e outros artigos feministas** – Virginia Woolf
1033. **Mrs. Dalloway** – Virginia Woolf
1034. **O cão da morte** – Agatha Christie
1035. **Tragédia em três atos** – Agatha Christie
1036. **Maigret hesita** – Simenon
1037. **O fantasma da Ópera** – Gaston Leroux
1038. **Evolução** – Brian e Deborah Charlesworth
1039. **Medida por medida** – Shakespeare
1040. **Razão e sentimento** – Jane Austen
1041. **A obra-prima ignorada** *seguido de* **Um episódio durante o Terror** – Balzac
1042. **A fugitiva** – Anaïs Nin
1043. **As grandes histórias da mitologia greco--romana** – A. S. Franchini
1044. **O corno de si mesmo & outras historietas** – Marquês de Sade
1045. **Da felicidade** *seguido de* **Da vida retirada** – Sêneca
1046. **O horror em Red Hook e outras histórias** – H. P. Lovecraft
1047. **Noite em claro** – Martha Medeiros
1048. **Poemas clássicos chineses** – Li Bai, Du Fu e Wang Wei
1049. **A terceira moça** – Agatha Christie
1050. **Um destino ignorado** – Agatha Christie
1051(26). **Buda** – Sophie Royer
1052. **Guerra fria** – Robert J. McMahon
1053. **Simons's Cat: as aventuras de um gato travesso e comilão – vol. 1** – Simon Tofield
1054. **Simons's Cat: as aventuras de um gato travesso e comilão – vol. 2** – Simon Tofield
1055. **Só as mulheres e as baratas sobreviverão** – Claudia Tajes
1056. **Maigret e o ministro** – Simenon
1057. **Pré-história** – Chris Gosden
1058. **Pintou sujeira!** – Mauricio de Sousa
1059. **Contos da mamãe gansa** – Charles Perrault
1060. **A interpretação dos sonhos: vol. 1** – Freud
1061. **A interpretação dos sonhos: vol. 2** – Freud
1062. **Frufru, Rataplã, Dolores** – Dalton Trevisan

COLEÇÃO 64 PÁGINAS

LIVROS QUE CUSTAM SOMENTE R$ 5,00

DO TAMANHO DO SEU TEMPO.
E DO SEU BOLSO

E-BOOKS R$ 3,00!

L&PM POCKET

IMPRESSÃO:

Santa Maria - RS - Fone/Fax: (55) 3220.4500
www.pallotti.com.br